I0581118

# El vendedor de esperanza

# El vendedor de esperanza

Jorge David Martínez

Título: *El vendedor de esperanza*
© 2022, Jorge David Martínez

De la maquetación: 2022, Romeo Ediciones
Del diseño de la cubierta: 2022, Romeo Ediciones
De las ilustraciones interiores: Jorge David Martínez

Primera edición: mayo de 2022

Editorial Acrópolis
Springfield, Massachusetts
2022

ISBN-13:  978-1-7350159-2-7

Dedicado con aprecio y admiración a
todos los vendedores del mundo…


**Jorge David Martínez**

# ÍNDICE

# CAPÍTULO I

A nadie le sorprendió el título de la reunión a la que todos habían sido convocados con carácter de obligatoriedad ese lunes 2 de marzo. Desde el más encumbrado gerente hasta el empleado de más baja posición en el organigrama, todos estaban enterados o sabían parcialmente que la empresa implementaría medidas drásticas para tratar de asegurar la rentabilidad de los accionistas, que durante 3 trimestres consecutivos habían soportado los reportes negativos del estado financiero del laboratorio, por lo que estaba muy claro que "zarpando a otros puertos" era el módulo preparatorio que les ayudaría a entender lo que se avecinaba.

La promocionada actividad representaba el grano de arena que el departamento de Recursos Humanos aportaba para ayudar a asimilar los forzosos; pero necesarios cambios que necesitaba la organización, y así aclarar de una vez por todas los rumores de pasillo que tanto atormentaban a los empleados.

Una cosa era cierta: desde hacía meses se hablaba de los altos costos de producción nacionales y de que, en Centroamérica, a diferencia de República Dominicana, la mano de obra era más barata, por lo que resultaba muy razonable y lógico que la gerencia tomara la decisión de cerrar la planta de producción, en donde se concentraba más de la mitad de los empleados de la multinacional Steenbouer Pharma.

El lujoso hotel en donde dentro de pocos minutos se efectuaría la actividad, servía de poca distracción al conglomerado de almas nerviosas que gemían en silencio, aún a pesar de los finos y cómodos muebles tallados en caoba centenaria, de la atinada decoración color pastel de los manteles y cortinas, del aire cosmopolita que se respiraba y el afable trato de los meseros que impecablemente vestidos con sus uniformes de saco y corbatín, servían agua embotellada en lujosas copas de cristal, nada, absolutamente nada, era lo suficientemente reconfortante como para calmar la sed de incertidumbre que consumía hasta la más ecuánime de las mentes.

Los minutos en el gran salón pasaban tan lentos, que por instantes parecía como si las manecillas de todos los relojes se detenían brevemente al unísono, como queriendo alargar la agonía colectiva de los pesimistas empedernidos y de los egocéntricos sudorosos, como si quisiera sumir a todos en un trance eterno de desconcierto combinado con nostalgia, que evocaba remembranzas de un mejor pasado, hasta que, de repente, alguien se dignaba a mirar rápidamente su reloj, entonces, todos los demás lo imitaban mecánicamente y, así, el pasar inexorable del tiempo volvía a la normalidad y las manecillas del reloj volvían a moverse en lo que parecía ser un rito torturante y agotador que se extendió por 15 largos minutos.

La hipnosis colectiva siguió haciendo efecto todavía un poco más en los relojes mientras que el ambiente nublado y sombrío se comenzaba a respirar entre la multitud, hasta que, por fin, una señora rubia, alta, de gestos finos y elegantes, y de unos ojos verdes que por sí solos llamaban la atención, caminó presurosa hasta el centro del salón y con voz delicada, pero firme, se dirigió a los presentes sacándolos sutilmente de su abstracción:

—¡Buenos días! Sean todos bienvenidos a esta reunión, que yo personalmente llamo: "taller de trabajo", y en la que hablaremos directamente de los problemas que aquejan actualmente a nuestra empresa, además de los planes futuros de la misma. Como directora de Recursos Humanos tengo la ineludible responsabilidad de informarles sin tapujos sobre nuestra situación, y a la vez orientarles sobre qué acciones o estrategias podemos implementar juntos…

Después de hablar por poco más de 10 minutos, la hermosa mujer de ojos verdes y mirada inquisidora dio paso al turno de la psicóloga laboral contratada especialmente para la ocasión, quien hizo galas de una extraordinaria sensibilidad, ganándose rápidamente la confianza y el respeto de los presentes.

Se habló sobre: la esperanza, de la fe en el futuro, de cómo afrontar los problemas, de adaptarse a los cambios, de no aferrarse al pasado, de seguir luchando con entusiasmo hasta el final. Se contaron historias de empresas con situaciones similares y de cómo estas habían logrado superar la crisis. Se hicieron dinámicas de grupo en donde el objetivo era expresar los miedos y enfrentarlos, en fin, se agotó toda una agenda destinada a preparar mentalmente a los trabajadores de Steenbouer Pharma para los días por venir.

Al final de la jornada, se notaba en los rostros de los empleados otro semblante, otro ánimo. Se respiraba un poco más de calma. Aunque no todos quedaron satisfechos con las respuestas a sus inquietudes, especialmente los que tenían más de veinte años trabajando, en sentido general se podría afirmar que la charla había cumplido con el cometido desea- do. El sentimiento de solidaridad era contagioso y abruma- dor. La decisión de aceptar las compensaciones y de lanzarse a la búsqueda de otros empleos cuando cerraran la planta, era casi total. Salvo algunas excepciones, la mayor parte de los empleados salieron más motivados, más decididos, más dispuestos a dar el 100 % en favor de la causa, hasta el final, y sin importar lo que viniese, el mensaje estaba muy claro: ¡había que seguir adelante!

Esa noche, al llegar a su hogar, Dariel Miranda reflexionó profundamente sobre su pasado, presente y futuro en la empresa. Ya pasaban las once de la noche y en la casa todo era quietud y silencio. Para no despertar a su amada esposa, cerró con sumo cuidado la puerta de la habitación y sigilosamente caminó de puntillas hasta llegar al balcón, en donde se acomodó en el sillón reclinable que tanto le gustaba, y desde donde podía contemplar en calma la impresionante belleza del paisaje nocturno de Santo Domingo.

Una vez allí, y en compañía de la sosegada tranquilidad que arropaba a todo el apartamento, recordó con melancolía cómo hace cuatro años había ingresado a Steenbouer Pharma desempeñando el puesto de promotor, y cómo poco a poco había ido aprendiendo el arte de sobrevivir y mantenerse en una compañía multinacional. Había aprendido tantas y tantas cosas en tan poco tiempo, y muchas de ellas eran valiosas e importantes lecciones que él sabía estaban moldeando su vida y preparando su carácter para retos más grandes por venir.

Había aprendido que no bastaba cuán bueno y dedicado fueras en tu trabajo, ni cuánto te esforzaras, lo realmente importante era desarrollar la habilidad de hacer que todos a tu alrededor se enteraran de tus resultados, ya fuera aprovechando las reuniones mensuales para hacer excelen- tes presentaciones del trabajo realizado o, celebrando estruendosamente las victorias.

Había llegado a la conclusión de que no era saludable confiar en ninguno de sus compañeros del equipo de Promoción, porque la competencia interna era tan grande, que todos se bloqueaban el camino unos a otros para impedir que cualquiera del grupo tuviera alguna posibilidad de crecimiento. Sabía muy bien que estaba rodeado de hipócritas, de gente doble cara que no medían sus acciones. Ya había sufrido en carne propia el acoso y desprecio de sus compañeros en el departamento que trabajaba, y todo simplemente por ser el nuevo y querer hacer su trabajo de forma responsable.

Dariel Miranda había entendido que no era prudente intimar a nivel personal o a mostrarse sincero en ningún momento, salvo enfrente de personas que él entendía no eran portadores del mortal y contagioso virus de la envidia, la mediocridad y, mejor aún, había desarrollado la habilidad camaleónica de adaptarse rápidamente a cualquier situación o escenario: ya fuera nadar en medio de los hambrientos tiburones departamentales o, a volar en medio de los prepotentes e impredecibles dragones gerenciales.

También recordó cómo a pesar del ambiente venenoso y hostil que imperaba a su llegada, se había trazado la meta de crecer dentro de la empresa y que no descansaría hasta lograr dirigir el departamento de Promoción al que pertenecía. Paso a paso, peldaño a peldaño, sin importar los ataques, las humillaciones y arrogancia de los que lo rodeaban, Dariel Miranda había ido logrando su objetivo, superando los obstáculos y sobreponiéndose a la adversidad. Su determinación era férrea, su voluntad de acero, y su espíritu inquebrantable, esto era lo que definía su personalidad.

Recordó cómo primero había conseguido pasar de ser promotor de farmacias, a ser designado mercaderista en las grandes cadenas de supermercados, y cómo posteriormente había ascendido a supervisar a ese equipo que se encargaba de colocar los productos OTC del laboratorio, en los anaqueles y góndolas de supermercados y tiendas por departamentos. Luego pasaría a ser visitador médico por un breve tiempo hasta que finalmente, pudo conseguir lo que tanto anhelaba: convertirse en el coordinador de Promoción de Steenbouer Pharma, posición que ostentaba a la edad de 25 años, algo que muchos hubieran deseado.

Claro que no lo había logrado solo. Agradecía a cada persona con la que había compartido, tanto a las que dejaron amargos recuerdos, como a las almas generosas que habían sacado de su tiempo para aconsejarle y mostrarle el camino a seguir. Cada reunión, cada reporte, cada manejo de crisis, cada humillación, cada celebración, todo, absolutamente todo, llevaba impregnado una enseñanza, una lección, un mensaje que lo había ayudado a avanzar.

Recordaba con cariño a las trabajadoras de la planta de producción, a los muchachos del almacén y a la encargada de la cafetería. Gente humilde y buena, siempre con una sonrisa y que no titubeaban en despojarse de cualquier cosa con tal de ayudar al prójimo. ¡Cuánto aprendió Dariel de todos ellos!
Pero también recordaba la valiosa experiencia y conocimientos que había obtenido de los gerentes. Uno al que más tenía que agradecerle y del que más aprendió fue del señor Carrasco, gerente de Mercadeo y Ventas, uno de los ejecutivos más queridos y respetados en la empresa, y quien había depositado en Dariel su confianza siendo este aún promotor. El joven coordinador de Promoción no había dudado en aprovechar la gran oportunidad brindada para aprender del señor Carrasco: a cómo influenciar a las per-

sonas, cómo liderar un equipo y, sobre todo, a cómo ganar frente al adversario. Todo lo aprendido había dado su fruto.

La sola presencia del señor Carrasco, inspiraba un respeto absoluto en todos los demás ejecutivos. Sus ideas y propuestas, muy a menudo criticadas y enfrentadas por otros departamentos, terminaban casi siempre siendo aprobadas por el director general y los accionistas. Es que su excelente conocimiento del mercado, los años de experiencia empresarial más su enfoque de negocios dinámico y agresivo, lo convertían en un gran maestro de las ventas digno de admirar.

Mientras recordaba su trayectoria y los aprendizajes en la empresa, Dariel Miranda sonreía por momentos, como pareciendo disfrutar de un premio merecido. Luego su expresión cambiaba como a la de un hombre cansado y perdido en el tiempo, con la vista fija en la vasta oscuridad de la noche. Luego volvía a sonreír otra vez.

Así pasó un buen rato, entre remembranzas de triunfos pasados y temores de cambios futuros, hasta que poco a poco y empujado por el cansancio, fue adentrándose lentamente en el infinito y onírico mundo de los sueños.

# CAPÍTULO II

Seis meses después, el cierre de la planta ya era un hecho, que nada ni nadie había podido detener. Se habían vendido los equipos del laboratorio en el mercado local y reubicado a casi la mayoría de los empleados en otras empresas farmacéuticas. A los que no pudieron ser reinsertados se les ayudó a través de agencias de empleos a gestionar entrevistas para otras posiciones, y a los más viejos se les dio paquetes de jubilación y compensación.

Paralelamente a este torbellino, una convulsión general arropaba a los gerentes, ejecutivos y demás personal restante en Steenbouer Pharma, incluyendo a Dariel Miranda. La incertidumbre sobre qué otras medidas se aproximaban y sobre qué otros puestos se eliminarían, ofuscaba sin excepción a todos los involucrados.

Los primeros en recibir el siguiente golpe fueron los ejecutivos de alto rango. Y luego los de nivel medio. Al final, la empresa había sido reestructurada completamente y una gran cantidad de puestos de trabajo había sido eliminada.

Para Dariel Miranda eran tiempos difíciles. Ser testigo de cómo muchos de sus compañeros de trabajo habían perdido sus empleos, incluyendo a su amigo y mentor, el gerente de Mercadeo y Ventas, era algo que en lo personal le afectaba de forma muy directa. No solo había sido el señor Carrasco quien lo había entrevistado y reclutado para darle la oportunidad de pertenecer a una multinacional farmacéutica, cambiando con ello sustancialmente la calidad de vida de Dariel, sino también que se había convertido en una especie de guía espiritual, siempre aconsejándolo y compartiendo parte de su incalculable experiencia y sabiduría que tenía relación al arte de las ventas. Dariel sufría su partida, mientras contemplaba impotente cómo todo a su alrededor se volvía pedazos.

Si bien todos los empleados cesanteados habían recibido buenos paquetes de compensación, la sola idea de no saber a dónde iban a terminar trabajando, o si lograrían conseguir un empleo similar, era motivo de una gran e inevitable presión y estrés emocional. A pesar de que su posición no había sido tocada, Dariel sabía que dada la inestabilidad por la que atravesaba la empresa, cualquier cosa podía pasar.

Luego de 7 meses de una difícil y amarga transición, Dariel Miranda llegó a una importante decisión: no esperaría pasivamente ningún cambio, sino que él mismo lo propiciaría. Entendía que ya era tiempo de implementar lo aprendido aquel día de zarpar a otros puertos, que ya había logrado las expectativas de crecimiento que se había trazado, y que no había ninguna otra razón que lo motivara a seguir laborando allí, por lo menos no con el clima de incertidumbre y nerviosismo colectivo que se cernía sobre la empresa.

Un amigo muy cercano le había hecho una interesan- te propuesta para trabajar como representante de Ventas en una empresa farmacéutica nacional. Dariel no lo pensó dos veces. Sabía muy bien que era el momento ideal para iniciar una nueva etapa en su vida. Aunque la posición en sí no tenía la proyección de crecimiento que él hubiese querido, por lo menos significaba una nueva oportunidad de adentrarse en el emocionante mundo de las ventas.

Era viernes por la noche cuando llegó a su casa. Se acercó tiernamente a su esposa, su musa, su amiga y confidente, fiel compañera de mil batallas. Ella entendía perfectamente la intranquilidad por la que estaba atravesando Dariel. Sabía de sus interminables noches de insomnio y de su mirada cada vez más perdida y silente. La miró profundamente mientras tomaba suavemente su mano y estampó delicadamente un beso lleno de amor en sus labios.

—Ya es tiempo —dijo él mientras le acariciaba lentamente su larga y negra melena. Ella replicó con un beso apasionado, largo, extendido, casi interminable. No eran necesarias las palabras. Lo apoyaba incondicionalmente.

El lunes temprano, Dariel Miranda esperó en su cubículo la llegada de su jefe inmediato, y le entregó una emotiva carta de renuncia en la que agradecía a toda la gerencia por el apoyo brindado a su persona, así como también por los logros obtenidos a lo largo de sus cuatro años de trabajo. La renuncia fue aceptada de inmediato y se fijó la fecha de salida. No hubo contra ofertas. No hubo invitación para almuerzos de despedida. Pero realmente poco le interesaba el detalle. Y es que ya no había vuelta atrás para Dariel Miranda.

Ese mismo día, convocó una reunión con el equipo de promotores bajo su cargo y les comunicó la noticia. Hubo reacciones de incredulidad, de tristeza y de confusión. Algunos se acercaron amigablemente para desearle lo mejor, otros solo por compromiso o quizás para mantener las apariencias, balbucearon alguna que otra palabra. Pero al final, Dariel Miranda sabía quién era sincero en sus deseos y quién no debido a lo vivido durante todo ese tiempo. Realmente ya poco le importaba. Lo que sí era necesario para él en ese momento, era mantener su fe y visión claras de hacia dónde quería ir.

Su último día en la empresa, de todo el grupo de promotores, solo a uno llamó a solas para despedirse personalmente y darle una orientación final. Se trataba de Miguel, el promotor más joven, educado y leal; pero también el más ingenuo de todos y del que más se habían burlado sus compañeros promotores, no solo por ser el más tímido del grupo, sino también por haber hecho el desafortunado comentario delante de sus compañeros de que sentía estrés y ansiedad cuando llegaban los lunes, provocando en el equipo risas, burlas y oscuras predicciones de que nunca llegaría a triunfar en nada en su vida.

Con tan solo 18 años, su mezcla de inocencia e inexperiencia, lo hacían una presa fácil en medio de la cultura de intimidación y de burla de sus compañeros, más la vorágine empresarial de Steenbouer Pharma.

—No olvide su libreta de apuntes señor —dijo Miguel amablemente, denotando una profunda pena en sus palabras, mientras extendía la libreta roja de piel que su supervisor siempre llevaba consigo.

—Te la dejo de recuerdo… realmente ya no la necesito. De ahora en adelante estaré usando esta grabadora para almacenar todos mis pensamientos e ideas —dijo Da- riel, mientras lo miraba tristemente a los ojos, sabiendo que al irse dejaría a Miguel a merced de lobos hambrientos de posiciones, que devorarían a todo aquel que no tuviera un padrino defensor.

—Miguel… quiero que sepas que yo creo en ti y estoy muy seguro de que llegarás bien lejos. No hagas caso al ruido colectivo a tu alrededor. Pase lo que pase, simplemente sigue adelante —dijo Dariel mientras terminaba de recoger sus pertenencias para marcharse. Por unos segundos, su autocontrol pareció traicionarlo al dejar entrever cierta emoción; pero al fin pudo recobrarse. Entonces comenzó a hablar de forma pausada, pero cautivadora, elocuente, pero firme, como siempre solía hacer cuando se dirigía al grupo en las reuniones; pero con la diferencia de que ahora en vez de parecer el líder recio y decidido, su voz entrañaba cierta ternura paternal que él no se esforzaba en esconder:

**"… la vida es como un río que recorre grandes extensiones de tierra, a veces a través de terrenos accidentados y empinados en donde nuestras aguas se enturbian y agitan, a veces a través de llanuras forradas de pasto, en donde nuestras aguas son cristalinas y tienen el poder de atraer a toda la naturaleza a una fiesta de paz. Hay momentos en los que se bifurca el camino y la sequía nos amenaza disminuyendo nuestro caudal, sin embargo, Dios, en su infinita grandeza, se conduele, y empieza a llover cuando ya casi no teníamos esperanza, entonces nuestro caudal vuelve a ser fuerte otra vez.**

**Así mismo es nuestro andar en las empresas. Vamos recorriendo caminos y posiciones que día a día van moldeando este hermoso regalo que llamamos vida. Y son nuestras decisiones y actos las que le van dando color y forma. Al final, lo que realmente importa no es si eres un gran río de fuerte caudal, o un pequeño arroyo que aspira a convertirse en río, lo verdaderamente im-**

portante, es saber a dónde quieres desembocar, si en un estanque sin salida en donde el agua ya no circula más, o en la vasta grandeza del océano...

24

   ...trázate un objetivo en esta empresa, persíguelo con pasión, defiéndelo sin miedo y no descanses hasta alcanzarlo, no importa cuántas veces se agite el camino, siempre mantente firme en tu fe, no importa cuántas veces se enturbie el agua, mantén la claridad de tus sueños, no importa cuántas veces intenten secar tu fuente, siempre llénala con más litros de esfuerzo y determinación, recuerda que al final, lo que realmente importa es adónde quieres llegar... Seas lo que seas, y hagas lo que hagas, siempre debes tratar de llegar hasta el mar... Elige desembocar en el mar... Sé fuerte... Sé resiliente... y, sobre todo..., mantén viva la esperanza de que un día lograrás todo aquello que te has propuesto en tu vida...".

Habiendo dicho esto, escribió dos palabras en la libreta, le dio un fuerte abrazo a Miguel y se marchó de Steenbouer Pharma para siempre. Todos le vieron salir por la puerta. Iba calmado, tranquilo, decidido. Ya había comenzado a recorrer su camino, en donde nuevos retos le esperaban.

# CAPÍTULO III

Lo primero que llamó la atención de Dariel Miranda en la nueva empresa Especialidades Farmacéuticas, S.A., era la estructura cerrada, burocrática y centralizada que contrastaba enormemente con el estilo directo y abierto de la multinacional farmacéutica en donde había laborado. Esta era su primera experiencia en una empresa en donde todas las altas posiciones gerenciales eran dominadas exclusivamente por familiares de los dueños de la compañía.

Aunque había escuchado algunos comentarios negativos de este tipo de empresa, él estaba decidido a marcar la diferencia y a trazarse su propio camino de crecimiento sin dudarlo. Estaba emocionado con la idea de iniciar su carrera como vendedor, aprender sus artes y sus técnicas al mismo tiempo que mostrar sus talentos y habilidades. De esta manera, pensaba, podría ir escalando posiciones hasta llegar a un alto nivel gerencial.

Aunque su entusiasmo era desbordante, no dejaba de pensar en las caras aburridas de los empleados. Los analizaba uno a uno, preguntándose por qué no divisaba siquiera una chispa de calidez humana. No encontraba en casi ninguno esa dedicación por la empresa tal y como la había visto y vivido anteriormente en su último empleo. Más bien, veía un montón de gente trabajando mecánicamente sin ningún tipo de motivación y sin ningún lazo afectivo que permitiera crear un clima laboral mínimamente adecuado para el desarrollo individual de los empleados.

Para él era inconcebible que los trabajadores hablasen mal en los pasillos de la misma empresa que les daba de comer. No tardó mucho para darse cuenta de las razones. Al pasar 3 meses laborando allí y después de varias conversaciones y reuniones con sus compañeros en las que estudiaba la forma de actuar de los altos gerentes, ya Dariel Miranda había hecho en su mente un análisis del ambiente laboral de aquella empresa, en la que describía los motivos por los que los empleados en general, incluyéndose él mismo, no se sentían a gusto en aquel espacio de trabajo.

El viernes en la noche, cuando ya su esposa dormía y toda la casa descansaba arropada por un manto de inquebrantable quietud, aprovechó y tomó la grabadora digital que siempre llevaba consigo para según él liberar su mente, y dio rienda suelta a los pensamientos que muy dentro de sí lo consumían, logrando expresar los desilusionados momentos vividos:

**"...Cuando decido trabajar para una empresa, asumo la responsabilidad de entregarme cien por ciento a los objetivos trazados... no pregunto si esos objetivos se pueden lograr, yo asumo el reto de ayudar a la empresa a materializarlos, porque sé que si yo hago mi parte, la empresa crece y yo junto con ella... Mi dedicación y empeño de realizar una buena labor me empujan a seguir el camino señalado sea el que sea... pero así como yo me entrego a la empresa, así también espero de ella que mi trabajo sea reconocido. Quizás no espero una placa de reconocimiento, ni siquiera una carta de felicitación por hacer lo que estoy supuesto a hacer; pero con un simple "bien hecho" sería más que suficiente como para alimentar mi deseo de seguir adelante el doble de millas de lo que se me ha pedido.**

Es realmente triste saber que siempre habrá gerentes y dueños de empresas que vivirán de espaldas a esta gran realidad... Si no se motiva al empleado, su trabajo siempre será mecánico, rutinario, vacío... si no se reconoce, aunque sea mínimamente algo bueno del empleado, su trabajo será continuamente el mismo, nunca dará la milla extra...

La motivación es la llave que puede abrir las puertas de logros inimaginables, pero para usarla, se necesitan gerentes y dueños de empresas más inteligentes, capaces de convertirse en líderes reales, que puedan dejar de fijarse solo en ellos mismos para ir a motivar a su equipo, a sus empleados y lograr nuevos y mejores resultados.

Este es el gran problema de muchas organizaciones: no motivan a su gente, no reconocen sus logros... solo le mencionan los errores cometidos... y les hacen sentir que no son imprescindibles para la compañía... les cortan la esperanza de llegar más lejos...

¡Una empresa que no invierte tiempo ni recursos en la motivación de su personal, no es digna de mí... yo merezco algo mejor!

¡Una empresa que no reconoce mi trabajo y dedicación... no merece tenerme como su empleado... yo merezco algo superior!

¡Una empresa que solo destaca lo que ha salido mal... no merece tener empleados capacitados e inteligentes... yo merezco ser reconocido!

**¡Una empresa que trata a los empleados como simples peones inferiores, no merece tener gente trabajadora y dispuesta... yo merezco ser tratado con respeto!**

**Una empresa en la que los dueños no son capaces de tener un roce de calor humano con sus trabajadores, no es digna de ningún empleado... yo merezco ser tratado con dignidad... no como un simple número en una computadora...**

**Una empresa que no está dispuesta en ningún momento a escuchar a su gente... está destinada a repetir los mismos errores una y otra vez... yo merezco ser escuchado.**

**En fin, una empresa que no está abierta al cambio... está destinada a desaparecer... yo merezco trabajar en una empresa inteligente...".**

El lunes en la mañana, Dariel Miranda se dirigió directamente a la oficina de su superior inmediato y le pidió 10 minutos de su tiempo. Eran más que suficientes como para expresar todo el sentimiento de frustración y confusión que sentía, y que había guardado creando frustraciones durante todos esos meses. No podía seguir trabajando tranquilo hasta no dejar clara su posición. Esa era su manera de hacer las cosas, siempre fiel a su conciencia y su forma peculiar de ver las cosas.

Su jefe, el señor Mena, fue muy comprensivo. Durante diez minutos escuchó en silencio toda la exposición. No lo interrumpió ni una sola vez, quizás por respeto, o quizás por saber que lo que estaba escuchando era la pura verdad. Solo se movía para degustar grandes sorbos de café caliente. Tan pronto Dariel Miranda terminó su exposición, se paró de la silla y de forma muy caballerosa le dijo:

—Dariel, entiendo perfectamente tus inquietudes porque a mí me ha tocado vivir lo que describes en carne propia. Lamentablemente mucho del cambio que se necesita no está en nuestras manos. Depende de la voluntad de los dueños y muchas veces ellos no están de acuerdo con nuevas formas de administración. Les basta con que sus cuentas bancarias se mantengan siempre llenas. Tanto tú como yo no somos más que piezas en un juego de ajedrez en el que solo ellos trazan la estrategia a seguir. Con esto no quiero desmotivarte ni hacerte sentir mal; pero lo único que puedo hacer como gerente del equipo de ventas, es sugerir… y lamentándolo mucho solo a ellos les toca decidir lo que se hace… Gracias por tener la confianza de acercarte a mí y plantear lo que piensas… pocos se han atrevido a hacerlo directamente. Te exhorto a que te sigas superando como vendedor y que puedas sortear este tipo de obstáculos en tu camino…veo hacia el futuro y veo en ti un excelente vendedor.

Dariel Miranda agradeció la atención prestada, así como también las gentiles palabras de su jefe directo, y salió a recorrer su itinerario de ventas de ese día. Mientras conducía, sintió una gran sensación de alivio. Aunque no había obtenido las respuestas que quizás hubiera querido escuchar, por lo menos se había desahogado sinceramente y se sentía entusiasmado y feliz por las palabras que había escuchado. No solo le había gustado el grado de sensibilidad y entendimiento que había encontrado en el señor Mena, sino también que sentía que sus palabras le servían de motivación para seguir creciendo como vendedor, aunque dentro de sí sabía muy bien que no pertenecía al tipo de ambiente que reinaba allí.

Ese tipo de empresa no era para él. Sentía que no encajaba dentro de semejante estructura. Aun así, y sin dudar por un instante sabía que tenía que seguir adelante como forma de retarse a sí mismo a tratar de seguir sugiriendo los cambios que él entendía prudentes para marcar la diferencia como persona, y llegar a convertirse en ese vendedor excelente de gran futuro, y quién sabe, quizás podría llegar a las posiciones que se había trazado.

# CAPÍTULO IV

La labor diaria de ventas de Dariel Miranda era una labor delicada y comprometedora. No solo se trataba de lograr su cuota mensual de ventas consistente en varios millones de pesos, sino también de brindar un servicio al cliente tan eficiente, que fuera capaz de propiciar una relación de amistad que pudiera traducirse en buenos volúmenes de ventas y en alianzas estratégicas que pusieran en ventaja a la empresa por encima de sus competidores. Siempre estuvo claro en sus ideas y deseos como empleado.

Dariel Miranda no consideraba esto una hipocresía, más bien lo veía como una herramienta necesaria para sobrevivir en un mercado en donde casi todas las casas distribuidoras vendían los mismos productos, por lo tanto, era imprescindible diferenciarse de los demás, y la única forma de hacerlo era tocando fondo en aquellas cosas sencillas que delataban la personalidad de una persona.

Aprendió a analizar los distintos tipos de personalidades de los clientes, a cómo manejar sus quejas y objeciones. Aprendió a cómo abordarlos dependiendo del estado de ánimo que mostraran cada día. Aprendió a detectar aquellos pequeños detalles que eran importantes para ellos como pasatiempos, predicciones, ideologías, etc.

Nunca se introducía a sus clientes hablando de traba- jo. Primero trataba algún tema en específico dependiendo del cliente que fuera. Si a su cliente le gustaba el béisbol, entonces hablaba del home run número 62 de Sammy Sosa y su batalla contra Mark McGwire, o del triunfo de Pedro Martínez apoyado por los bates de Manny Ramírez y David Ortiz con los Medias Rojas de Boston la noche anterior. Si le gustaba la política, aprovechaba y les hablaba de las iniciativas del gobierno para firmar el tratado de libre comercio entre República Dominicana y Estados Unidos. Si le gustaba la religión, expresaba su opinión sobre el pronunciamiento del Cardenal en contra de los corruptos en Santo Domingo, y así sucesivamente, siempre estaba preparado para su cliente. El tema variaba según la persona, y para mantenerse actualizado leía el periódico matutino todos los días a las seis de la mañana, de igual manera cuando salía en su carro sintonizaba una popular emisora de noticias. De esta forma se nutría de temas que fueran interesantes para toda su cartera de clientes.

En sentido general, había aprendido a ser un psicólo- go de la vida y a la vez un astuto proveedor de información. Aplicando esta estrategia trataba de conseguir la diferenciación que tanto necesitaba para obtener buenas ventas, aunque no siempre le daba resultado. Aprendió que a pesar de las técnicas de ventas y manejo de objeciones, había clientes a los que simplemente un vendedor no le caía bien, y no por motivos de mal servicio, sino porque sencillamente había momentos en los que sin razón alguna no se lograba hacer "química" con la persona. Estos eran los clientes más difíciles e incómodos de tratar, pero, aun así, él se esforzaba por tratar de intimar con ellos y agradarles de cualquier forma que estuviera a su alcance, aunque a veces los resultados fuesen negativos. De todas formas, su trabajo consistía en brindar un excelente servicio de ventas a pesar de cualquier antipatía con sus clientes.

Como es común en este tipo de trabajo, Dariel Miranda tuvo sus buenas y malas experiencias, como cuando se apareció con un bizcocho de cumpleaños para la encargada de compras de su principal cliente, quien a partir de ese momento comenzó una linda amistad comercial con él que le permitió mantener una importante cuota de ventas para su presupuesto o, como cuando fue echado de una farmacia y retado a pelear por un propietario incómodo; porque no le estaban reconociendo varios productos vencidos fuera de la fecha permitida. Un grato momento que siempre atesoraba, fue cuando compró una costosa medicina para la hija de un pequeño farmacéutico, quien le agradeció eternamente su ayuda. Aunque en ese caso en particular no se trataba de un cliente importante para la zona, lo que sí importaba a Dariel Miranda era el sentimiento de que estaba haciendo algo importante por alguien.

Junto a sus clientes, le tocó compartir tragos y banquetes, fiestas y lanzamientos de productos, cumpleaños y entierros, risas y tristezas. Y todo aquello le ayudó a ir acumulando experiencia para poder crear una conexión real que le permitiera convertirse en un vendedor de éxito. Para él estaba muy claro que la única forma de lograr crecer era con el apoyo de sus clientes, tanto los cercanos como los más distanciados.

Por eso constantemente revisaba sus técnicas, las ensayaba frente a un espejo y las reinventaba una y otra vez, hasta lograr el nivel de dominio y seguridad que entendía adecuado. Se imaginaba las hipotéticas situaciones que se podrían presentar con sus clientes y pensaba en las posibles soluciones para no estar desprevenido. En la oficina, no se quedaba como un impávido y aburrido espectador. Sugería planes de acción e iniciativas en las reuniones de ventas y hablaba de los problemas que limitaban su trabajo, de las tendencias del mercado, de las actividades de la competencia y de qué había que hacer para contrarrestarlas, aunque casi nunca estos clamores eran escuchados.

Como vendedor, Dariel Miranda no se sentía satisfecho consigo mismo, pues sabía que todavía le faltaba mucho por aprender; pero también se daba cuenta de que el equipo de ventas no contaba con mucho apoyo de la gerencia, dentro de sí sentía que no se le daba al vendedor un trato acorde con la posición que desempeñaba. El estilo administrativo de la empresa no contemplaba en lo absoluto darle importancia a la labor de ventas, y eso se notaba en el trato.

Era muy obvio que lo único importante para la gerencia era mantener al equipo de Ventas bajo una presión psicológica tal, que les empujara a llegar al logro de la cuota de ventas asignada. Si no lograban los objetivos, eran obligadas las reuniones en las que se les presionaba a vender más y si lograban la cuota, todos sabían que simplemente se reunirían para decirles que pudieron haber hecho un mejor trabajo, y para Dariel Miranda, esto era algo totalmente desmotivador, inadecuado e injusto. No había ningún tipo de valoración ni respeto al trabajo que desempeñaban los vendedores. Más grave aún, los demás empleados de otros departamentos los trataban con igual o peor indiferencia que la gerencia, y para Dariel Miranda esto era sencillamente inaceptable, así que una vez más y sin dudar, decidió hablar con su jefe inmediato.

Directamente le planteó sus inquietudes. Le habló sobre sus preocupaciones, sobre las quejas y percepciones de sus clientes hacia la empresa, y de cómo en un año de labor todavía no se habían inquietado en impartir al equipo de ventas ningún tipo de entrenamiento que les dotara de nuevas técnicas y conocimientos que les hicieran crecer. Describió cómo veía la imagen de la empresa y de cómo se veía él dentro de la misma. Le hizo saber cómo le dolía el que no existiera en la empresa una cultura de respeto al vendedor, de cómo había tenido que parar en seco a varios empleados de otros departamentos que se inmiscuían en asuntos de ventas sin siquiera estar autorizados a hacerlo, y todo porque desde las más altas esferas de la empresa no se daba el ejemplo de respetar y distinguir al vendedor.

Nuevamente el gerente de ventas fue cortés y educado, escuchó con atención todo el discurso de Dariel Miranda. Le expresó que estaba de acuerdo en sus demandas y que haría lo posible por apoyar su zona de ventas; pero que lamentablemente la política de la empresa en algunas áreas eran incambiables, y que durante más de cincuenta años su modelo de administración había funcionado, pues las ventas siempre se mantenían en un buen nivel, sin importar el sentir de los vendedores, mientras esto funcionara se iba a mantener dicho método. Otra vez le exhortó a seguir realizando su trabajo con el entusiasmo y motivación que había demostrado y que esperara tiempos mejores. Nada más podía hacerse.

Dariel Miranda terminó tarde la ruta de ese día, como quizás queriendo revertir el estado de ánimo que le embargaba. Sentía cierta frustración e impotencia al no poder contar con el apoyo que creía debía brindársele. Llamó a su esposa para informarle que llegaría un poco más tarde de lo usual, ya que pasaría por Arroyo's Café, lugar en el que se refugiaba de vez en cuando para escapar del estrés.

Llegó y se sentó en la misma silla de siempre, solo que esta vez pidió un vodka con naranja, en vez de su acostumbrada cerveza. De su bolsillo sacó la grabadora digital que siempre mantenía con él para que no se le escaparan las ideas, y comenzó a hablar lentamente, mientras hacía pequeñas pausas para degustar su dulce veneno alcoholizado, entre luces de neón, música suave y siluetas de musas disfrazadas de luna.

"...soy un vendedor que no solo vende productos y servicios a mis clientes, también soy un vendedor de soluciones que escucha sus necesidades y transforma en momentos felices sus estados de ánimo, detectando con ello oportunidades de negocio que se traducirán en grandes beneficios.

...soy un vendedor de rasgos humanos, ya que soy la cara de la empresa ante el cliente, porque a través de mis ojos puede este ver la seriedad y honestidad de mi trabajo y de los labios de mi boca puede escuchar una respuesta de alivio a sus problemas, y refugiado en mis oídos puede desahogar sus quejas y preocupaciones.

...soy un vendedor que se vende a sí mismo en cada visita, en cada gesto, en cada palabra, porque mi labor demanda entrega y dedicación, comprensión y humildad, perseverancia y determinación, para poder alcanzar los objetivos trazados.

...soy un vendedor importante, sumamente importante, porque la empresa descansa sobre mis hombros para poder lograr sus metas. La empresa necesita de mis sugerencias e informaciones para definir sus estrategias; porque yo soy el cordón umbilical que la conecta con el cliente.

...soy un vendedor importante, sumamente importante porque asumo mi responsabilidad con pasión y profesionalismo, brindando un excelente servicio al cliente; pero al mismo tiempo defendiendo los intereses y respetando las políticas de la empresa.

...quizás la empresa no ha notado lo importante que soy dentro del engranaje de su estructura, y tal vez no me haya dado las herramientas necesarias para realizar mi trabajo o, quizás no ha apoyado mis iniciativas y sugerencias, probablemente no haya notado mi entusiasmo en crecer junto con ella; pero de lo que sí estoy seguro es de lo importante, sumamente importante que soy y lo grande que sé que puedo ser, pero sobre todo, porque yo mismo me considero una pieza clave y valiosa dentro de esta organización, y dentro de cualquier otra a la que ofrezca mis servicios.

...no importa cuántos problemas y vicisitudes se crucen en mi camino, cuántas veces me digan que no, cuántas veces me cierren la puerta en mi cara, cuántas veces traten de humillarme, mi ánimo no faltará, mi pasión por lo que hago no mermará, mi fe en Dios y la confianza en mí mismo no se doblegarán... porque yo soy un vendedor automotivado, soy un vendedor enfocado al éxito, soy un vendedor que vive de esperanza...".

# CAPÍTULO V

A Dariel Miranda le gustaba mucho observar y analizar la forma de accionar de sus compañeros de trabajo. De esta manera, podía hacerse un esquema mental de la personalidad de cada persona, y dentro del equipo de Ventas, había varios casos interesantes. Como, por ejemplo: Carlos Febles, de temperamento áspero y formas grotescas. No poseía un léxico ni educación mínimamente aceptables, y siempre emitía conceptos fuera de contexto; pero de alguna forma se las ingeniaba para ganar el favor de los clientes. También estaba Ubaldo Rodríguez, vendedor incansable y muy trabajador, amable y simpático con algunos clientes; pero agresivo y calculador con otros. Era más el trabajo que realizaba que el beneficio que obtenía. Nunca estaba conforme ni con nada ni con nadie.

Alberto Pérez era sin lugar a duda el más carismático y espontáneo de todos los vendedores. Su poca capacidad de análisis combinada con su descarada falta de responsabilidad le habían hecho ganar popularidad no solo en la empresa, sino también con los clientes. Decía lo primero que le viniese a la cabeza sin pensar en las consecuencias, y la mayoría de las veces esto provocaba situaciones jocosas que terminaban haciendo reír a vendedores y gerentes, convirtiéndolo en uno de los favoritos de la empresa.

Este aprovechaba muy bien su habilidad de caer en gracia, adicionándole además un toque de ingenuidad que le permitía calculadamente calar profundo dentro de la gente, neutralizando con esto quizás sus constantes faltas de responsabilidad en sus funciones y logrando buenos volúmenes de venta. Por lo menos no tenía miedo de decir lo que sentía, y en ese tipo de ambiente tan coercitivo eso tenía su mérito.

El caso de Pedro Contreras, se podía ver reflejada la típica historia del muchacho humilde que venía desde muy abajo, con mucho deseo de superación, que comenzaba como dependiente de farmacia hasta llegar a convertirse en vendedor. Todos sus actos eran dirigidos a sobresalir desesperadamente por encima de los demás, demostrando un hambre y necesidad de preservar su trabajo a toda costa, y para Dariel Miranda esto era algo totalmente entendible, tomando en cuenta la difícil y dura lucha que significaba provenir desde los más bajos estratos sociales de Santo Domingo para poder llegar a insertarse como vendedor en la sagrada, elitista y clasista área farmacéutica.

Le llamaban el "militar", porque siempre se dirigía al gerente de ventas con la jerga usada por los militares: "sí señor, ordene mi comandante, entendido y copiado, lo que usted diga mi capitán" etc., lo único que desagradaba a Dariel Miranda de todo eso, era que precisamente lo veía como una persona sin ningún tipo de criterio propio, siempre a favor de cualquier acción de la empresa aun cuando esta no fuera acertada, y que siempre estaba haciendo convenientes halagos a los gerentes y ejecutivos como forma de vender y preservar su trabajo. Dariel respetaba y se los mostró, el libre pensar de sus compañeros, aunque no compartiera muchas de sus acciones. En sentido general, veía a sus compañeros vendedores como simples hombres de trabajo, quizás sin ningún tipo de proyección en la empresa; pero al mismo tiempo los veía como esforzados padres de familia que alquilaban su tiempo en pos de una mejor calidad de vida, y eso se merecía su respeto.

Un caso que le llamaba mucho la atención era el del señor González: con sesenta y tres años de edad y cuarenta y dos de ellos trabajando como vendedor en la empresa. Dariel se preguntaba cómo una persona podía pasar tanto tiempo en el mismo lugar y haciendo siempre la misma cosa. Era tan grande su curiosidad, que no pudo evitar acercarse a él un día y preguntárselo personalmente. La respuesta del señor González fue sencilla y directa:

— Empecé aquí desde joven. Quizás tenía tu edad o mucho menos… eran otros tiempos en aquel entonces. El ser elegido para formar parte de una de las pocas empresas farmacéuticas en el país significaba un gran logro. Los años fueron pasando, y muchas cosas fueron cambiando; pero de alguna forma… yo no cambié. Tal vez ese fue mi error, no me preparé para los nuevos retos que se avecinaban. El mercado y la competencia crecieron tan desproporcionadamente, que muy pronto ya había miles de jovencitos universitarios con dominio de computadoras e idiomas, donde eran contratados con bajísimos salarios, y que poco a poco fueron desplazando a los vendedores obsoletos como yo. En mi caso, no me quedó otra cosa que tratar de preservar mi trabajo de la mejor manera posible, estableciendo vínculos muy fuertes con mis clientes, quienes me apoyan y hacen mi labor más llevadera.

»El tiempo me alcanzó, y yo no estaba preparado. Llevo ya cinco años tratando de conseguir mi jubilación, y no he podido lograrlo. Durante todos estos años he trabajado arduamente, me he entregado de lleno a conseguir las metas que me han puesto; pero ya a mi edad estoy cansado. Lo menos que me merezco es vivir mis últimos años en paz, y recibir algo a cambio de todo lo que he dado, que de acuerdo a las leyes laborales en el país y según mis cálculos, sería mucho dinero;

pero no depende de mí… si pongo la renuncia, perdería más de 40 años de trabajo…, por lo tanto, debo seguir esperando… solo los dueños de la empresa saben cuándo estarán listos para darme mis prestaciones.

Las palabras del señor González retumbaron todo el día y toda la noche en la mente de Dariel Miranda. Habían calado en lo más profundo de su sensibilidad, abriendo mil cofres de Pandora que lo sumían dentro de una incómoda sensación de intranquilidad y de temor, combinada con sentimientos de pena e impotencia. Le daba miedo el imaginarse que algo similar pudiera pasarle a él, y a la vez sentía compasión por la triste realidad que le tocaba vivir al señor González.

La frase que más lo torturaba, era aquella de que: "…el tiempo me alcanzó… y yo no estaba preparado…".

Y es que después de 2 años en la empresa, Dariel Miranda sentía que no había logrado las expectativas de crecimiento que se había propuesto, y que las condiciones que él consideraba inadecuadas al ingresar, todavía persistían. Nada había cambiado. Lo único positivo que veía (además de las buenas comisiones que recibía), era el hecho de que en base a su tenacidad y determinación se había dado a respetar en toda la empresa. No se dejaba intimidar ni permitía que le tratasen de forma despectiva como a los otros vendedores. Él era diferente y siempre lo supo.

Pero fuera de eso, no existía ninguna motivación que le hiciera verse dentro de la empresa en el futuro más cercano. Sabía que las cosas no iban a cambiar, por lo menos no para bien y, además, de que el escalar a otros puestos de trabajo dentro de la compañía seguiría siendo tarea muy difícil, tomando en cuenta la poca valoración de la empresa hacia sus recursos humanos y su tradición de siempre "buscar personal externo para las posibles vacantes", por lo que decidió no seguir engañándose con la idea de hacer carrera allí, y comenzó a pensar seriamente en la necesidad de buscar otros empleos, con otras condiciones laborales, con otro ambiente de trabajo en donde no hubiera tanta represión y desconsideración hacia el empleado.

La figura del señor González haciendo su historia, de alguna manera le había impactado tanto, que ahora su perspectiva era totalmente diferente. Le había hecho revisarse a sí mismo como empleado, como vendedor, en fin, como ser humano.

Al llegar a casa, dio un tierno beso a su esposa que dormía plácidamente y salió al balcón para sentarse en su acostumbrado sillón reclinable. Nuevamente tomó su fiel grabadora digital, como siempre hacía cada vez que necesitaba desahogar sus sentimientos e ideas, prácticamente era como su ritual. En ese instante comenzó a hablar despacio, muy delicadamente, como susurrando palabras al viento y en complicidad total con el místico silencio de la noche:

**"...la inactividad mata al espíritu y la falta de coraje elimina la posibilidad de éxito. Un vendedor que no se reinventa cada día es un vendedor a medias.... quedará rezagado y obsoleto en un mercado cambiante y competitivo.**

**Un vendedor con miedo es como un alpinista con pesas atadas a sus piernas, nunca llegará al tope de la montaña.**

Un vendedor conformista es como una hoja de papel en medio del viento, siempre dará vueltas sin control en la dirección que lo lleven.

Un vendedor sin hambre de triunfar, es como un corredor que se sale de la carrera y se sienta a contemplarla, mientras los demás corredores se alejan más y más en dirección a la meta.

Como vendedor, yo trazo y elijo con mis acciones el camino de éxito que quiero recorrer, no permito que se me corten las alas, ni acepto de ninguna manera el que se me pongan límites a mi crecimiento.

Como vendedor, hago un solemne compromiso conmigo mismo de aspirar siempre a superar mis propias limitaciones y dejar atrás mis debilidades, ya que ellas son el obstáculo que me separa de llegar hasta los más alto de la cima.

Es imprescindible que agudice mis sentidos y redoble mis esfuerzos para saber diferenciar cuándo quedarme y cuándo emigrar, cuándo detenerme y cuándo seguir.

Es imperativo que escudriñe mi entorno constantemente para detectar cualquier indicio de estancamiento estéril y actuar en consecuencia para desterrarlo de mi vida.

Es determinante que aprenda a calcular fríamente la repercusión de mis decisiones de hoy, porque mañana ellas serán motivo de mi felicidad o tristeza, de mi riqueza o pobreza, de mi éxito o mi fracaso.

Es vital mantenerme alerta, siempre en movimiento, siempre cambiando, siempre evolucionando, siempre caminando hacia mi superación personal, siempre saliendo en búsqueda de las oportunidades, no esperando a que ellas lleguen a mí... siempre orientado hacia el camino del éxito al igual que la brújula siempre apunta hacia el norte, siempre venciendo las adversidades, y siempre apostando a ganar, siempre dispuesto a ir más allá del horizonte... más allá del crepúsculo... más allá de la aurora...".

# CAPÍTULO VI

Aquel fue el día más feliz en la vida de Dariel Miranda. No solo le habían llamado para entrevistarlo a fin de darle un puesto como vendedor en una nueva empresa farmacéutica, sino también que su esposa le había dado la increíble noticia de que iba a convertirse en padre, en ese instante fue lleno de tanta emoción, que saltaba y gritaba de alegría, tal como si fuera un niño de camino a la heladería. Abrazaba y besaba a su esposa sin parar, dándole gracias a Dios por la bendición tan grande que para ellos significaba tan maravilloso momento. Llamaba una y otra vez a familiares y amigos para dar la noticia, y dictaba sin cesar estrictas medidas de precaución a la futura madre para evitar posibles accidentes en la casa, mientras buscaba en Internet toda la información posible acerca de cómo tener una buena gestación.

La sola idea de saberse partícipe del milagro de crear vida, le llenaba de un inocultable orgullo. La responsabilidad que implicaba la paternidad era algo para lo que él y su amada Isabela se habían estado preparando durante cuatro años, pero, aun así, nunca imaginó que experimentaría una sensación tan intensa y profunda. Se sentía diferente, comprometido, entregado incondicionalmente a hacer florecer esa nueva vida que germinaba, decidido a asumir su papel íntegramente con los retos que implicaba, y disfrutar del proceso en su totalidad. Los ojos le brillaban más ahora. Percibía al mundo desde una perspectiva distinta, mucho más tolerante, mucho más calmada, en fin, se sentía más humano. Se sentía con más propósito.

Dariel Miranda sabía que su vida estaba cambiando, y que dentro de poco comenzaría a transitar un nuevo camino. De ahora en adelante tendría que ser más cauteloso y organizado en sus gastos. Ya no se trataba de una pareja sin hijos y sin preocupaciones. Entendía perfectamente que la planificación y el control eran herramientas vitales para asegurar un buen futuro y mejor calidad de vida a su creciente familia. Por ello analizaba una y otra vez que quizás no era ese el momento oportuno para renunciar de Especialidades Farmacéuticas y empezar en otra empresa. Pensaba que tal vez debía esperar los próximos nueve meses y concentrarse en el embarazo de su esposa, mientras seguía esforzándose por hacer crecer su zona de Ventas. Después de todo, se hablaba de posibles cambios y nuevas posiciones vacantes en la compañía, cambios que podrían significar las oportunidades de crecimiento que él tanto anhelaba y existía la esperanza que los viviera.

—¿Por qué no esperar? —Se preguntaba.
— ¿Por qué aventurarme en otra empresa justo ahora?

Luego de varios días de análisis y consultas, Dariel Miranda tomó la decisión que entendía era correcta: se quedaría en Especialidades Farmacéuticas; pero con la mente puesta en aprovechar cualquier oportunidad que se presentase tanto dentro como fuera de la empresa y con un plazo de tiempo definido. Si en un año no se propiciaban los cambios esperados, o no se llenaban las expectativas que él tenía, pues entonces dejaría definitivamente la empresa.

Por lo pronto, lo más importante para él, era concentrarse en el nuevo proceso que iniciaba, ir descubriendo cada detalle y forma de esa nueva vida que florecía y que se abriría paso en su corazón día a día, minuto a minuto, en cada respiro, en cada palpitación.

Se asomó al balcón de su habitación, con la mente serena y su alma en completa calma. Contempló el concierto de estrellas titilantes que embellecían la noche, y comprendió una vez más cuán insignificante era ante la grandeza de la creación. Reverentemente inclinó su rostro y humildemente oró dan- do gracias al altísimo por las bendiciones recibidas. Entonces observó en el firmamento la luz más fulgurante que sus ojos hubiesen visto jamás: una estrella fugaz se paseó rauda y veloz de un lado al otro del cielo, como en respuesta a sus plegarias. Rápidamente se dirigió a abrazar a su esposa que descansaba en la cama, y le dijo: ¡vamos! ¡Pide un deseo!...

Ella lo miró con ternura mientras acariciaba sus cabellos, y exclamó: ¡que sigamos siendo felices hoy y siempre!

Inmediatamente él replicó con entusiasmo: ¡que seamos felices y libres haciendo lo que nos gusta!

Entonces le besó tiernamente su vientre y susurró suavemente unas palabras:

**"...aún no te conozco y ni siquiera te he visto; pero ya te has ganado todo mi amor y admiración, por ser una bendición, por ser un milagro de la creación, por ser el complemento que viene a llenar nuestras vidas...**

**¿Cómo dejar pasar por alto un momento tan único y especial como este? ¿Cómo no alegrarme al saberme hacedor de vida? ¿Cómo no inclinar mi rostro y dar gracias infinitas a Dios por tan grande bendición?...**

**Levanto mis ojos y brindo con el alma extasiada, agradeciendo la oportunidad que se me brinda de dejar mi estela en el vasto océano de la vida...**

Te hablaré todos los días para que vayas conociendo mi voz, y oraré por ti cada noche, entregándole a Dios tu cuidado y pidiendo que derrame sobre ti infinitas bendiciones...

Y cuando por fin llegue el día que pueda verte, te besaré y te sostendré en alto para presentarte al Altísimo y pedirle que sea él la luz que te guíe en el camino de tu existencia...

Te prometo que no te faltaré en ningún momento, pues seré testigo de cada día, de cada momento, de cada instante, de cada risa, de cada lágrima, y estaré ahí para acompañarte, para tomarte de la mano en cada paso y levantarte si caes...

Tú serás la inspiración de cada día para seguir adelante, sin importar las vicisitudes y las pruebas, los rechazos y las ofensas, los éxitos o los fracasos, pues sabré que al final de la jornada estarás ahí esperándome para abrazarme con tus delicados y tiernos brazos, y para besarme con tus inocentes labios de ángel.

No temeré nunca más el no saber el propósito de mi vida, pues ahora sé que habrá alguien a quien cuidar, a quien proteger, a quien orientar, alguien a quien educaré con responsabilidad para afrontar los retos del mundo, utilizando como espada y escudo la palabra y obra del señor.

Asumiré mi responsabilidad como padre, tratando de ser un modelo de vida al que puedas seguir, basado en los valores morales y cristianos de mi Cristo en quien ¡todo lo puedo!

En su amor infinito te bendigo y te digo: aquí me tienes por y para ti… te amo ahora, hoy y por siempre… Dios mediante te veré en nueve meses…".

# CAPÍTULO VII

El nuevo supervisor de ventas llegó como estruendoso rayo en medio de la tormenta y no había llegado solo: iba acompañado del gran poder que le había otorgado la gerencia para implantar su política de hierro y fustigación. Tenía luz verde para implementar los cambios que considerase necesarios, sin importar la forma, lo único que le interesaba a la empresa era que se llegara al presupuesto de ventas. Eso significaba que Alejandro Espinosa podía hacer lo que quisiera, con quien fuera y cuando lo entendiese prudente, a sabiendas de que nada lo iba a detener.

Dariel Miranda sabía que tanto poder depositado en las manos de una persona, traería sus conflictos y situaciones. Por lo que trató de ser lo más cauteloso y objetivo posible, mientras aumentaba sus esfuerzos en conseguir ofertas de trabajo en otras empresas.

Los primeros meses sirvieron solo como ensayo o laboratorio de observación para Alejandro Espinosa, quien de forma metódica y férrea fue tomando control de todo el departamento, y de todo aquel que se reportara a él. En el sexto mes, ya el supervisor de ventas era temido y respetado por casi todos en la empresa, gracias en parte a sus ya famosos exabruptos en las reuniones de ventas en donde arremetía sin piedad en contra de sus vendedores. Los finos modales que mostraba hacia otros departamentos o hacia la gerencia, contrastaban drásticamente con el trato vil y desconsiderado que daba a algunos de los vendedores de carácter más débil.

Estos actos solo le daban la razón a los pensamientos que había tenido Dariel desde un principio.

Su mejor arma era el juego y suplicio psicológico a que sometía a su equipo. Los presionaba de distintas formas, citando siempre aspectos negativos de la gestión de ventas, de la falta de preparación y la poca capacidad que exhibían, hasta llegar a humillarlos con epítetos despectivos e incluso personales, algo que era totalmente inapropiado y desalentador.

Su plan era simple y efectivo: sistemáticamente iba debilitando la autoestima de los vendedores restregándoles en la cara todos sus errores y debilidades, hasta que llegaban a un punto en donde nadie se creía capaz de hacer nada bien por sí mismo, sino con la autorización y anuencia del todopoderoso supervisor, a quien todos sin excepción debían venerar y celebrar todos sus chistes a fin de seguir figurando como empleado activo dentro de la nómina quincenal de la empresa.

Golpe a golpe, paso a paso, los iba despedazando con sus sádicas palabras y con los reportes con copia al departamento de Recursos Humanos y la gerencia general, en donde quedaba registrado detalladamente los acontecimientos y situaciones más desafortunadas del equipo de ventas, para luego en las reuniones, sacar a relucir todas las acciones que él como supervisor había tenido que implementar para salvar el nombre de la empresa o lograr los objetivos trazados, ya que la torpeza e incapacidad del equipo eran de tamaño colosal. Con ello, lograba erguirse como la mente maestra que todo lo podía lograr, que todo lo resolvía, que todo lo sabía. Su ego desproporcionado sumado a su insaciable hambre de protagonismo, lo convertían en un peligroso depredador siempre al acecho para desprestigiar y descalificar la acción de su equipo y de todo aquel que se cruzara en su camino.

Dariel Miranda había estado atento, pendiente, calla- do, sereno, esperando el momento indicado en que el super- visor osara irrespetarlo o humillarlo, pues sabía que también para él llegaría ese momento, tal y como les había sucedido a sus compañeros.

La búsqueda de trabajo en otras empresas no había ido tan bien como él esperaba, debido a que muchas vacantes disponibles en el mercado solo ofrecían posiciones inferiores con menor paga, en empresas que proyectaban poca estabilidad financiera o casi ningún crecimiento, pero eso no frenaría su necesidad de ser fiel a sus principios y a su conciencia cuando se presentara el momento de defender su dignidad.

La oportunidad se hizo realidad en una mañana de verano en que se celebraba la reunión mensual de ventas. Uno por uno, el supervisor fue mencionando los nombres de los vendedores y su desempeño en cuanto a las ventas. Como ya era costumbre, arremetió de forma recalcitrante, con arrogancia desmedida y prepotencia sin igual. No destacó un solo punto positivo o algún logro en especial de alguna zona de ventas, solo atinaba a seguir atacando, a seguir humillando y descalificando al equipo que hacía posible que se lograsen los presupuestos de la empresa. Ese era su estilo, no motivar a nadie, solo destacar los puntos menos luminosos a través de los cuales él podría seguir teniendo control pisoteando a los empleados.

—¡Todos son unos inútiles, un equipo de payasos con corbata y maletín! —vociferó desenfrenadamente Alejandro Espinosa.

Todavía el eco amargo de sus palabras hirientes y descompuestas resonaba entre las paredes del salón, cuando de repente se escuchó la voz pausada; pero contundente de uno de los vendedores presentes.

—¡Exijo respeto para mi persona! —dijo Dariel Miranda, mirando directamente al supervisor, mientras dejaba que el asombro casi estupefacto de sus compañeros fuera convirtiéndose cada vez más, en un insoportable silencio que arropaba y hundía a todos en sus asientos. Aunque el enfrentamiento de miradas solo duró unos pocos segundos, la escena pareció prolongarse infinitamente, ante la mirada atónita de los vendedores y de la impotencia de Alejandro Espinosa que todavía no lograba asimilar que alguien de su equipo lo estuviera enfrentando.

—Estoy en total desacuerdo con la forma y manejo que se está dando a esta reunión, por lo que le solicitó que no me englobe dentro de la descripción de circo que acaba de hacer. Hablo por mí, y lo estoy haciendo con el debido respeto.

»Le pediría a usted que haga lo mismo, y si hay algún punto negativo que usted entienda deba retroalimentarme, entonces hágalo; pero de forma más profesional, llámame aparte y diga lo que necesite decir; pero cuidando la forma y el respeto —insistió Dariel.

Alejandro Espinosa no hizo ningún esfuerzo en esconder el descontrolado enojo y resentimiento que sentía en ese momento. Su cara se ponía cada más roja mientras fruncía el ceño y trataba en vano de estrangular la fina pluma de escribir que sostenía entre sus dedos sin creer que alguien pudiera tener el tupé de corregirle.

—¡¡¡¡Señor Miranda!!!! —vociferó el supervisor mientras sus ojos brillaban llenos de ira.
—Usted puede estar o no de acuerdo con mi forma, con mi estilo, con mi forma de hablar, o con lo que sea que le venga en gana; pero quiero aclararle algo —dijo señalando con el

dedo a Dariel Miranda—. ¡Este es mi equipo, soy yo el líder y soy yo quien pone las reglas de juego! —gritó desafiante.

—Usted tiene dos opciones: o se adapta…, ¡o se va! Y sin tan en desacuerdo está usted conmigo, no hay que alargar la espera, ¡ahí está la puerta de salida! —concluyó parándose agresivamente de su silla y señalando la elegante puerta de vitrales que acogía al salón de ventas.

Todas las miradas se clavaron simultáneamente en Dariel Miranda. Nadie se atrevía a pronunciar palabra alguna. Lo que acababa de ocurrir era algo sin precedentes, y todos sabían el precio que implicaba.

Dariel no se inmutó para nada. Ni siquiera dejó por un instante de mirar al enfurecido supervisor que, engrandecido con su poder, había dictado ya su sentencia definitiva. Su semblante no parecía preocupado por lo que acababa de escuchar, ni tampoco se veía desafiante, más bien lucía una calma que, ante la situación reinante, resultaba misteriosamente inexplicable.

Lentamente se paró de su silla, y contempló calmadamente a todos los presentes, incluyendo a Alejandro Espinosa, quien todavía seguía señalando la puerta de salida. Entonces, comenzó a hablar de manera lenta, pero firme, segura, pero cautivadora, de forma casi mística e hipnótica, y al hacerlo, todos en la sala escuchaban, como queriendo encontrar su redención o quizás reivindicarse en las palabras de Dariel Miranda.

**"...el poder o autoridad que se nos otorga desde lo alto como supervisores, gerentes o personal de alto nivel jerárquico, nunca debe ser utilizado para fustigar, pisotear y avasallar a aquellos que nos sirven. De hecho, esa es la gran diferencia entre un jefe y un líder.**

Como jefe, usted podrá darme órdenes y presionarme de distintas maneras para lograr los objetivos que necesita; pero utilizando como arma la mediocridad de un ego desmedido y enfermizo que solo subsiste y respira dentro de la burbuja de autoridad conferida, para poder sentirse realizado e importante, no es lo que realmente me hará dar el 100 % por la organización. Este tipo de personas que actúa de esta manera, abundan por todas partes, y diariamente nos topamos con ellas: en las oficinas de las empresas, en las calles, en las universidades, en los supermercados, y en todo tipo de negocios. Como parte de su comportamiento soez y desdichado, necesitan herir y coartar el libre crecimiento de los demás, envenenándolos con sus propios fracasos, debilidades, temores y demonios internos para poder complementar y justificar su errática existencia...

En cambio, un verdadero líder es aquel que desarrolla la habilidad única y especial de entablar un diálogo constante con sus subordinados, teniendo la suficiente humildad como para saber escuchar la historia de cada uno, y posee la virtud de decir las verdades de forma directa, pero cuidando de no herir ni tocar el aspecto personal de las personas a su cargo...

No solo traza el camino a seguir, sino que tiene la inteligencia de saber motivar con entusiasmo a sus seguidores para que lleguen más allá de la meta, pues conoce que el valor y eficiencia de un equipo altamente motivado, dará a la empresa beneficios inimaginables...

No solo traza las reglas, sino que se asegura de predicar siempre con el ejemplo, pues sabe que la disciplina, respeto y ética de trabajo mostradas, serán el marco de referencia constante que incentivará a los demás a seguir sus huellas…

No basa su liderazgo en simplemente dar órdenes, sino en saber consultar y pedir opiniones a su equipo, involucrándolos estratégicamente en el mágico y efectivo proceso de la creatividad grupal, pues sabe lo valioso que es el aporte de cada empleado sin importar su lugar en el organigrama, para el éxito de la empresa…

Más allá de los presupuestos, las responsabilidades, las políticas y normas establecidas, sabe aportar su calidez y sencillez humana para propiciar un ambiente de trabajo en donde todos sientan que son importantes y parte de una gran familia que persigue un bien común, cualquiera que este sea; pero con el carácter valiente y decidido como para saber cuándo tomar decisiones de peso en situaciones que atenten contra el bienestar de su empresa y de su recurso más valioso: sus empleados.

No critica a sus subordinados restregando sus errores y fracasos enfrente de los demás, sino que los retroalimenta destacando las áreas de oportunidad en las que el empleado puede crecer, y traza planes de desarrollo que garanticen real y efectivamente la superación del individuo. Esa es, en resumidas cuentas, la esencia de un verdadero líder…".

Nadie se atrevió a decir nada, quizás por temor a opacar de forma descortés las frases que todavía irradiaban todo el salón o quizás por respeto al momento solemne y especial que acababan de presenciar, o simplemente por temor a ser asociados al hombre que había hablado con semejante propiedad. Ni siquiera Alejandro Espinosa, que parecía haber entrado en trance con sus miedos internos, pudo romper el majestuoso silencio que gritaba y repetía a voces las verdades dichas por Dariel Miranda.

Todos le vieron caminar despacio hacia la puerta que minutos antes se le había señalado para salir. Mientras lo hacía, algunos de sus compañeros tocaban tímidamente su hombro, como queriendo felicitarle por sus enriquecedoras palabras y valentía al expresarlas, otros en cambio, guardaban una abismal y marcada distancia. Al llegar a la puerta se volvió por última vez hacia sus compañeros, y se despidió amablemente. Su cara entrañaba una sonrisa y una sensación de paz inconmensurable, que perduraría mucho tiempo imborrable en las mentes de los allí presentes.

Al día siguiente, Dariel Miranda recibiría su carta de cancelación, cerrando así un capítulo de 3 años en Especialidades Farmacéuticas, e iniciando una nueva y quizás más desafiante etapa en su vida, que probablemente le llevarían en busca de conseguir entrar a una empresa en donde se le respetara y valorara en su justa medida, o que al menos tratara al empleado con más dignidad.

# CAPÍTULO VIII

La elegante oficina impecablemente decorada con grandes pinturas surrealistas y muebles contemporáneos color rojo y blanco, resultaba pequeña para los diez o doce solicitantes que taciturnamente esperaban sentados el momento en que les llamaran por su nombre para ser entrevistados.

Dariel había llegado exactamente a las siete y treinta de la mañana, diez minutos antes de la hora acordada, y eso le había permitido ocupar una de las pocas sillas disponibles en el *lobby*. Mientras pasaban los minutos, podía apreciar a través del cristal de la ventana, cómo afuera de la oficina iban llegando más candidatos a ser entrevistados, agolpándose unos con otros con mirada confundida y escéptica, mientras la secretaria salía para avisarles gentilmente que no había más sillas disponibles adentro y que tendrían que esperar afuera en silencio hasta ser llamados.

El espectáculo era impactante y a la vez desolador para algunos de los presentes.

—¿Se están dando cuenta? —preguntó uno de los de saco y corbata.

—Estamos todos aplicando para la misma posición. Tan solo fue publicada ayer en la tarde y miren: ya hay veinte o quizás treinta solicitantes esperando ser entrevistados, y siguen llegando más, no paran. Esa es la situación que estamos viviendo actualmente: por cada puesto vacante hay alrededor de entre cien a doscientos solicitantes. ¡Y pensar que solamente uno de nosotros será elegido para ser vendedor! —exclamó sarcásticamente.

—Lo peor de todo, es que muchas veces no toman en cuenta ni siquiera tu preparación o años de experiencia, solo te entrevistan de forma superficial para cumplir con los requisitos, pues ya tienen el candidato ideal para la posición, que resulta ser amigo de alguien en la empresa, o que es recomendado por alguien muy importante —siguió hablando.

—¡Eso es cierto! —dijo uno de los de más edad en el grupo, corroborando lo dicho anteriormente por su compañero.

—Tengo 4 meses buscando empleo y resulta que, aunque me va muy bien en las entrevistas, casi siempre me entero de que la posición la ocupa otra persona que no tiene ni mi experiencia ni mi preparación. Muchas veces también esto sucede porque muchas empresas no quieren pagar lo justo, y emplean personas más jóvenes, aunque con menos experiencia, para así pagar menos. Esa es la ley de esta jungla laboral, por lo menos aquí en la isla, si no tienes alguna conexión, un contacto con alguien de adentro de la empresa, o una buena recomendación, las probabilidades de que te contraten son mínimas —terminó diciendo.

—¡¡Es verdad!! —exclamaron la mayoría de los presentes mientras algunos asentían con la cabeza.

—¡Estoy totalmente de acuerdo! —expresó otro.

—He trabajado en Estados Unidos, y allá se te evalúa por tu área de preparación y experiencia acumulada. Ni siquiera es necesario enviar tu foto en el currículum. Pero aquí, es una cuestión de relaciones o de caerle bien al dueño o jefe del departamento. Es una situación totalmente desmotivadora.

»Yo personalmente he ido a por lo menos veinte entrevistas en tres meses, y la incertidumbre de no saber si verán mi currículum, o si me llamarán para darme la posición, va acabando con mi esperanza y mi paciencia. De hecho, muchas de las empresas a las que he ido para que me entrevisten, ni siquiera tienen la cortesía de llamarte o enviarte un *e-mail* notificando que ya vieron tu currículum o que ya ocuparon la posición vacante, para así evitarle a uno la agonía de una espera interminable. Creo que después de todo, finalmente tendré que dejar nuevamente mi familia y volver a conducir taxis en Nueva York —dijo tristemente.

Mientras Dariel escuchaba con atención el sentir de sus compañeros de entrevistas, uno de los más jóvenes se le acercó preguntando:

—¿Y tú amigo? ¿Qué tiempo llevas desempleado?

—Un mes y siete días —contestó Dariel.

—¡Vaya! ¡Realmente recién acabas de entrar al club! Bienvenido —replicó el joven—. ¡Yo llevo tres meses en búsqueda y todavía nada! ¡Estoy tan desesperado que trabajaría por cualquier salario! —expresó.

—¿Y a cuántas entrevistas has ido ya? —preguntó otro que estaba sentado a su lado.

—Esta es mi quinta —respondió Dariel amablemente.

—Y tienes algunos contactos o padrinos que te ayuden? —preguntó uno que estaba sentado enfrente.

Dariel los contempló a todos compasivamente, escudriñando cada una de sus miradas, como queriendo conectarse con el sentir y el entendimiento de sus almas y, entonces, comenzó a hablar, de forma sincera y apasionada, con entusiasmo y determinación, con amor y bondad desbordantes para poder dejar en ellos una hermosa reflexión:

**"...las relaciones que fomentamos día a día en nuestro accionar, son de vital importancia para fortalecer nuestras aspiraciones de superación, pues ellas supo-**

nen una mayor cantidad de opciones disponibles para materializar nuestros planes. Es por ello por lo que debemos sembrar con amor y humildad cada momento de nuestras vidas en que nos toque estar en contacto con nuestros semejantes, pues de ello dependerá lo que cosechemos en el mañana.

Pero más allá de sembrar o dar esperando recibir algo a cambio, se trata de dar por el simple deseo de brindarse sincera y puramente a los demás, se trata de conocer realmente la belleza interior de quienes el destino ha decidido que compartan parte de su tiempo contigo, se trata de entender sus emociones, identificar sus anhelos, y aceptar con tolerancia sus personalidades, cualquiera que estas sean, y teniendo la inteligencia emocional de saber adaptarse y convivir con todos dando de ti lo mejor que tengas en tu corazón, pues en ello reside la belleza y misterio de la vida.

Y es que, sin darnos cuenta, con nuestro accionar y con nuestras palabras, vamos inspirando o desmotivando a quienes nos rodean, vamos generando en ellos prosperidad o pobreza, alegría o tristeza, paz o intranquilidad, desaliento o esperanza. Cada uno de nosotros tiene una cuota de participación en la infinita sinfonía de la creación, y sin saber, estamos unos conectados a otros mediante la voluntad divina y omnipotente del altísimo, que en su gran bondad traza para cada quien un plan de vida del cual nos corresponde a nosotros elegir de qué forma lo queremos vivir.

Es por ello que necesitamos fomentar relaciones y amistades enriquecedoras, capaces de transformar positivamente la vida y el entorno de todo a nuestro alrededor, pues de esa manera se cumple el ciclo continuo de crear, dar y recibir prosperidad.

Y es que, si tienen a Dios en su corazón, él será el único contacto que necesitarán para abrir todas las puertas, pues de acuerdo con el plan que tiene para cada uno ustedes, los irá guiando por los caminos y empresas que él entienda necesarios. A ustedes les corresponde elegir si disfrutan o no del recorrido, si dan o reciben, si llegan más lejos o se quedan más cerca. Por eso les invito a que se abandonen en su plan, pongan en él sus más importantes proyectos y sueños, y dejen que él les guíe.

Y cuando vayan a una entrevista, él será el contacto que les mostrará el camino. Ustedes preocúpense de ir confiados, de mostrarse seguros y orgullosos de toda la experiencia que han acumulado en el pasado, o de la preparación y conocimiento que han podido lograr, y de la buena voluntad que tienen para trabajar y realizar una excelente labor, o de los valores morales que les diferencia del montón. Nunca, bajo ninguna circunstancia, en ningún momento, se sientan menospreciados si no les ponen mucha atención en una entrevista, o si las preguntas son muy cerradas y mecánicas, o si se les trata de forma indiferente, o si las cosas no marchan de acuerdo a lo que esperaban, nunca duden de su propia capacidad si no les llaman nuevamente, o si le dieron el trabajo a otra persona, nunca se dejen bajar su autoestima, ni dejen de confiar en ustedes mismos, no dejen de sentirse importantes y especiales, pues recuerden que al final hay un plan infinito del cual cada uno de ustedes forman parte, para cumplir el propósito de Dios.

**Fehacientemente y con firmeza en el espíritu, sigan insistiendo una y otra vez hasta lograr su sueño, visualicen aquello que quieren y cómo deben llegar hasta allí y confíen plenamente en que Dios les dará a su tiempo respuesta a eso que con tanto ahínco y dedicación te has trazado como meta... No desesperen, no desfallezcan, no abandonen la pelea, siempre piensen que pueden lograrlo... Siempre piensen que habrá un mejor mañana, un nuevo amanecer, nuevos planes, nuevas metas, nuevos retos por enfrentar, nuevas y más grandes conquistas. Y cuando les llegue el cansancio al final del día y sientan la sombra del fracaso asomarse, y sientan el peso de todas las puertas que te han cerrado en la cara... no se rindan, no sientan desánimo ni miedo, por el contrario... elijan tener fe... ¡¡¡mantengan viva la fe!!!...".**

—¡Dariel Miranda! —interrumpió la secretaria, mientras todos miraban con aprecio a aquel hombre que les había hablado con el corazón, y que les había iluminado con su mensaje de esperanza.

Se paró de su silla, y caminó despacio hacia la puerta que daba acceso al salón de entrevistas, mientras todos les deseaban suerte. Al entrar, había dejado detrás de sí a un nuevo grupo de hombres y mujeres con un semblante más alegre, con una agradable sensación de paz interior, altamente motivados y con más fe, mucha más fe en Dios, en ellos mismos y en el mañana, sintiéndose dichoso de haber logrado el cambio en ellos.

# CAPÍTULO IX

Cuando Dariel Miranda recibió la llamada notificándole que empezaría a trabajar nuevamente, tres meses y diez días ya habían transcurrido desde la salida de su último empleo. De entrevista en entrevista, de visita en visita, había aprovechado todo ese tiempo para fortalecer su espíritu, meditar sobre el sentido y propósito de su vida, de probarse a sí mismo, desafiarse a ir más allá de sus miedos y debilidades, trazándose metas más ambiciosas, con nuevos retos que implicarán mayores desafíos. Había tomado la decisión de ser más agresivo en la búsqueda de mejores opciones de trabajo, y para ello emprendería sin saberlo, un nuevo y emocionante viaje como vendedor, que lo llevaría a través de nuevas y gratificantes experiencias en su vida.

No estaba dispuesto a perder más tiempo. No estaba en sus planes vivir las mismas situaciones y experiencias que anteriormente le habían sido tan desdeñables y desmotivadoras. Iniciaría su búsqueda, y no pararía hasta encontrar aquello que lo hiciera realmente feliz.

Aunque el paquete salarial ofertado en la nueva empresa no era ni cerca de lo que había devengado anteriormente, y a pesar de que había escuchado que el dueño de esa empresa tenía fama de avaro, aceptó con alegría la oferta como supervisor de ventas. Se le había prometido que a los tres meses se revisaría su paquete en base al desempeño que lograra.

Al margen de eso, la verdad era que Dariel necesitaba estar activo nuevamente, necesitaba estar en ese mundo tan dinámico y retador de las ventas y, sobre todo, necesitaba el trabajo para pagar sus deudas y mantener a su familia. Aceptaba la oferta de trabajo sabiendo que todo respondía a un plan divino especialmente diseñado para él. Por ello se sentía confiado. Totalmente seguro. El resultado no sería otro más que el éxito.

Durante 9 meses, mostró a su nueva empresa toda su valía y preparación. Su entrega era incondicional, su entusiasmo contagioso y su optimismo casi una melodía que todos en la empresa querían escuchar.

Su sinergia y capacidad de liderazgo rápidamente impactaron a la organización, y a las ventas. Los vendedores le escuchaban con respeto, y los demás departamentos lo solicitaban para cualquier tipo de apoyo.

Pero aun cuando había probado a la gerencia que su zona de ventas había incrementado los números en un 20 %, la revisión de su paquete no llegaba. Había hablado con el gerente de ventas, con el departamento de Recurso Humanos, y hasta con el mismo dueño de la empresa; pero no recibía más que promesas.

Entonces sucedió lo que casi siempre ocurre cuando nuestra mente está enfocada en visualizar abundancia y prosperidad: Dariel recibió de otra empresa una mejor y mayor oferta salarial.

El gerente de ventas hizo su mayor esfuerzo para retener a su talentoso supervisor; pero la contra oferta para Dariel Miranda nunca fue firmada. Aún a pesar de las recomendaciones, de testimonios de gerentes de otros departamentos, de las estadísticas que mostraban su valía, el dueño no estaba dispuesto a igualar y mucho menos ni siquiera acercarse al paquete que actualmente le ofertaban a Dariel.

Todos lamentaron la partida de quien consideraban un excelente profesional. Dariel agradeció sinceramente las muestras de cariño, y se despidió gentilmente dando las gracias a todos por el apoyo y confianza que en él habían depositado, y salió dejando tras de sí una estela de logros y buenas amistades. Sabía que, si no le hacían una contra oferta, no estaban valorándolo. Era mucho para el avaro dueño que no quería invertir en personal más capacitado. Por lo que salió tranquilo. Ya había agotado el tiempo estipulado en esa empresa y sabía que debía seguir su curso en buscar siempre mejores expectativas de vida.

A su entrada en la nueva empresa, identificó rápidamente que su dueño desconocía por completo la naturaleza del mercado en que competía, y que esto le llevaba a tomar decisiones inadecuadas, y peor aún, a exigir resultados que estaban completamente divorciados de lo realmente lograble.

Entonces entendió el porqué de la alta rotación de personal que tanto le habían advertido: el dueño era un tirano patán que expresaba la frustración de su ignorancia descargándose sobre los infelices y atemorizados empleados que casi nunca duraban más de un año laborando allí.

El proceso de búsqueda inició inmediatamente para Dariel Miranda. No significaba para él crecimiento alguno el saberse a merced de semejantes condiciones, aun cuando el paquete salarial devengado fuera bueno y, sobre todo, siendo testigo de cómo se maltrataba a los empleados. Era una escena que ya había vivido anteriormente y que no quería repetir.

Su trayecto de cinco meses concluyó abruptamente  una agradable tarde de abril en la que el dueño quiso hacer uso de su famoso genio avasallador, en contra de un Dariel Miranda totalmente decidido a enfrentarlo, y dispuesto a de- cirle con respeto que estaba equivocado en sus apreciaciones y que no estaba de acuerdo con la forma vil y descortés con que  se dirigía hacia su persona. Nueva vez, Dariel recibiría su carta de cancelación al día siguiente. Y nueva vez, saldría tranquilo, en calma, en paz consigo mismo. Sabía que todo  lo que acontecía era parte de ese increíble y meticuloso plan hermosamente tallado para él en el árbol de la vida.

A los treinta y cinco días de su salida, Dariel recibió una llamada de un buen amigo que trabajaba en una empresa de productos químicos, y en la que acababan de publicar una posición vacante. Sebastián Rodríguez se había tomado la libertad de hablar con el dueño de la empresa para recomendar a su amigo Dariel, y por lo que este le estaba diciendo, el perfil que estaban buscando le encajaba perfectamente. Su emoción y alegría al escuchar a Sebastián no impidieron que se pusiera de rodillas en su habitación para orar dando gracias a Dios, dando las gracias por el apoyo y por haberlo tomado en cuenta. Las bendiciones seguían cayendo del cielo y Dariel seguía más enfocado que nunca, recorriendo el camino hacia la búsqueda de nuevas oportunidades y experiencias y, sobre todo, disfrutando del paisaje en el trayecto.

Una semana después, Dariel Miranda ya estaba feliz en plena faena en la nueva empresa de productos químicos. Aunque no era el área a la que él estaba acostumbrado, representaba un nuevo reto, en adición a que su nuevo jefe, era un modelo de entrega y dedicación. Una persona íntegra, afable, respetuosa, digna de admirar, que se daba a querer por su trato siempre humilde y respetuoso hacia los demás.

No ostentaba superioridad, no ejercía presión desmedida, no desconsideraba ni humillaba a nadie, y tenía la virtud de saber decir las cosas de manera siempre objetiva, constructiva y directa; pero con finos modales que hechizaban hasta a los más recios de los temperamentos.

Dariel Miranda se sintió bendecido. Finalmente había llegado a un lugar en donde se respetaba y valoraba a cada miembro de la organización, sin excepciones, esto era algo que él deseaba desde hacía mucho tiempo. El aire que se respiraba allí invitaba a todos a seguir dando la milla extra en un doscientos por ciento. Había la sensación de que todos eran parte de una gran familia y todos por igual, querían contribuir con la causa. No era tanto la paga, no era tanto la estructura física de la empresa, ni sus proyecciones de crecimiento, lo que atraía a todos, era ese trato humano y personal que se brindaba a cada empleado.

Luego de 6 años de una ardua; pero inspiradora labor, Dariel se sentó con su jefe Sebastián, quien más que un superior inmediato, se había convertido en su gran amigo. Lo miró fijamente a los ojos, y le dio las gracias por el increíble tiempo que habían compartido y los logros que juntos habían cosechado. Era el final del trayecto para Dariel Miranda en la empresa. Era su despedida. Nueva vez sentía que ya había logrado su cometido y que debía seguir otro rumbo, otro camino, alzar el vuelo hacia otra meta que le apasionara. Había encontrado una oportunidad en el área farmacéutica otra vez, y Dariel sen- tía que debía darse la oportunidad de volver a sus raíces y al área que tanto amaba.

Al principio, Sebastián pensó que se trataba de una broma. Pero luego vio la seriedad en la mirada de Dariel y, entonces, supo que hablaba en serio. Su entrañable amigo le entendió. Había aprendido con Dariel aquello de ir siempre más allá en busca de la superación personal y de aquello que te hiciera real y verdaderamente feliz de acuerdo con el plan divino trazado para cada uno. Pero, aun así, le hizo una tentadora oferta para convencerlo de que se quedara.

Dariel agradeció una vez más su gentileza. Pero no se trataba solamente de dinero. Se trataba de escalar otra posición con más responsabilidades, proyectarse a un nivel más gerencial. Se trataba de un propósito más profundo, más personal: se trataba de la autorrealización de Dariel Miranda como empleado y de la búsqueda de escalar las más altas posiciones que pudiera. Era un compromiso consigo mismo, con sus ideales, con sus valores. Debía seguir el camino. Debía seguir el llamado que sentía cada noche al orar a Dios. Un llamado que lo invitaba a seguir más allá.

—¿De qué se trata la oportunidad? —preguntó Sebastián.

—Fui a una entrevista hace 2 semanas —respondió Dariel—. Me sentí bastante cómodo respondiendo con soltura y seguridad cada pregunta. Es una multinacional farmacéutica con sede en Argentina. Me llamaron para ofertarme un puesto de supervisión del equipo de visitas médicas.

»La estructura y solidez de la empresa en el mercado me asegura una excelente proyección de crecimiento futuro… Tienen la política de desarrollo de carrera, con la cual los más destacados gerentes y supervisores pueden aplicar a ocupar cargos de dirección en otros países de América Latina en donde la empresa está presente. El paquete de compensación para iniciar es excelente, en adición a los incentivos trimestrales y las comisiones de ventas.

»Me llamaron después de un proceso de reclutamiento en el que competí con 11 solicitantes más, y que incluyó una entrevista directamente con el gerente regional  Se me notificó que el puesto es mío y que comenzaré a trabajar en 3 semanas —concluyó Dariel con gran emoción.

Sebastián lo felicitó y le dio un fuerte abrazo.

—¡Felicidades campeón! —dijo Sebastián—. Te lo mereces. Lamento perder mi mano derecha en estos momentos; pero sé que el área farmacéutica es lo que amas. ¡Dale duro y llega al cielo! —gritó con emoción.

Los dos sonrieron y se dieron un cálido abrazo. El camino debía seguir para Dariel Miranda. Se iba con la satisfacción del deber cumplido y con la gratitud eterna hacia ese querido amigo con el que había compartido los últimos 6 años de su vida laboral.

# CAPÍTULO X

Dariel se sentía más que feliz que nunca con el nuevo proyecto que iniciaba. Estaba eufórico y motivado. Analizaba con Isabela los retos que implicaba el puesto que acababa de aceptar y las oportunidades de crecimiento que proyectaba. Buscaba datos e informaciones de la compañía en los portales farmacéuticos para conocer mejor de la empresa y su trayectoria. Hablaba con otros excompañeros del área farmacéutica para validar y escuchar sus opiniones, y en su totalidad, todos coincidían en que Vastfar era la oportunidad que Dariel Miranda había estado esperando por tanto tiempo.

Pasadas las 3 semanas, asumió sus funciones con el enfoque, disciplina y optimismo que le caracterizaba, y comenzó a dejar inmediatamente las huellas de sus pisadas en la arena de la nueva empresa.

Todos le vieron llegar, con su forma franca y abierta, con su trato afable y alegre que le hacía ganar simpatías por doquier. Su entusiasmo y pasión por su trabajo y por ayudar a los demás, era algo simplemente contagioso.

En poco menos de dos meses, ya era conocido y respetado por todos. Se había convertido en un punto de referencia de un empleado totalmente proempresa, y con grandes ambiciones de superación.

Por ello le confiaron responsabilidades de facilitador de grupos y líder de equipos en la convención general de la empresa, y lo involucraron en la mayor cantidad de actividades posibles. Se necesitaba una cara que fuera la imagen y el ejemplo vivo de la integración interdepartamental, que era el objetivo central de la convención.

Dariel Miranda estaba viviendo quizás el mejor momento laboral de su vida. Se sentía bendecido, extasiado, ciertamente realizado. Hasta ese momento, la actividad de la convención había sido una experiencia altamente enriquecedora, no solo en el aspecto profesional, sino también el plano personal, aunque muy dentro de sí, no terminaba de entender la razón de por qué se le estaba haciendo tan difícil conectar con algunas de las representantes del equipo de visitas médicas que le tocaba supervisar. Aun cuando se esmeraba en tratar de ser lo más justo, afable y cortés posible, de alguna forma siempre recibía un trato frío y desconsiderado. Dariel no tardaría mucho en enterarse del por qué lo trataban así. Un día, de repente, como inexplicablemente pasa en las empresas, su sol brillante se tornó oscuro, sombrío y tempestuoso, algo totalmente inesperado para cualquiera.

El lunes 12 de agosto, luego de 3 meses en Vastfar, su jefa inmediata, la gerente distrital de Promoción Médica, lo citó para una reunión a puerta cerrada. No se trataba de conflictos por puntos de vistas diferentes, o situaciones de mal desempeño en el presupuesto de ventas. Era algo todavía más delicado…

—El logro del presupuesto va muy bien —dijo la señora Fernández mientras sacaba de su escritorio una carpeta color amarillo—. Sin embargo, hay otros aspectos de tu trabajo que necesito revises con el objetivo de que mejores y puedas lograr la excelencia empresarial que exigimos aquí —dijo secamente, y puso la carpeta enfrente de Dariel Miranda.

Este reaccionó con sorpresa e incredulidad mientras trataba de entender lo que estaba pasando.

—De acuerdo con las representantes del equipo de visitas médicas —prosiguió—, no encajas dentro de la dinámica del grupo y en vez de servir de ayuda para el crecimiento de todas, representas un obstáculo que les impide desarrollar su trabajo adecuadamente. En adición a eso, ya han reportado varias veces situaciones con los doctores en los que se demuestra que no estás calificado para hacer esta labor —agregó.

Dariel Miranda no podía creer lo que acaba de escuchar. Parecía como que un rayo de diez mil voltios le había impactado directamente. Su cara se puso roja y su respiración se tornó más agitada mientras de su frente comenzaba a brotar un sudor frío e incómodo.

—En la carpeta están los reportes enumerados con los casos que me han comentado las muchachas del equipo —prosiguió, mientras Dariel ojeaba rápidamente el material—. Todo esto ha sido reportado a su vez al departamento de Recursos Humanos y al gerente general. Tendrás un mes de prueba a partir de hoy para verificar que tu accionar acá se ajuste al perfil que queremos. Nos reuniremos nuevamente en un mes, justo a mi regreso de Argentina, en donde estaré tomando un entrenamiento de 3 semanas —concluyó.

Dariel Miranda respiró profundamente, buscando controlar sus emociones y el fuerte impacto que las palabras de la señora Fernández estaban ejerciendo en ese momento en él, mientras se daba cuenta de que los supuestos casos reportados por el equipo de visitas médicas no estaban sustentados en hechos reales o quizás no eran más que chismes mal intencionados con el objetivo de hacerle daño.

Dariel Miranda sabía muy bien lo que esto significaba. Ya había navegado largo tiempo en las tempestuosas aguas de distintas empresas como para saber que se le estaba "fabricando" un expediente para sacarlo de la empresa. Lo que no podía entender era la razón detrás del mediocre acto teatral y sin basamento alguno que estaba presenciando.

Se paró de la silla tomando la carpeta amarilla en sus manos y respetuosamente replicó:

—Señora Fernández, este reporte pone en tela de juicio mi capacidad y profesionalismo. Tiene que haber aquí algún malentendido, pues yo me he entregado en cuerpo y alma a la causa de la compañía, respetando sus lineamientos y políticas.

»Haré todo lo que esté a mi alcance para mostrarle a usted y a la compañía que este reporte está errado, y es que honestamente, tiene que haber alguna equivocación. De ninguna manera estoy de acuerdo con lo que dice el reporte; pero respeto grandemente su posición y cualquier decisión que tome al respecto, pero realmente me confunde ver este reporte y pensar que los tres meses anteriores lo único que había recibido eran elogios y felicitaciones por mi desempeño. Pero nuevamente, respeto su planteamiento. Que tenga una linda tarde —dijo y salió de la oficina.

Durante las siguientes semanas las cosas empeoraron. Ninguna de las representantes del equipo quiso cooperar en lo más mínimo para aclarar la información contenida en el reporte. Solo decían que hablara con la señora Fernández; pero esta estaba muy ocupada trabajando fuera del país. Los pocos correos electrónicos que le respondía a Dariel eran muy vagos y evasivos. Era muy marcado el rechazo generalizado que sentía de su jefa inmediata y de parte del equipo que le tocaba supervisar, algo que contrastaba increíblemente con el restante personal de la empresa. Algo no estaba bien, y todos lo sabían; pero de forma deliberada, o guardaban silencio, o simplemente no querían inmiscuirse en dicha situación.

El que la señora Fernández lo viera como una competencia directa dentro de la empresa, era el único argumento que podía explicar el porqué de tantos obstáculos y murallas en el camino de Dariel Miranda dentro de Vastfar, cuando lo único que este anhelaba era realizar adecuadamente su trabajo y convertirse en la eficiente y entusiasta mano derecha que cualquier gerente hubiese deseado.

Dariel analizó la situación más de mil veces, conversó individualmente con cada una de las muchachas del equipo de Promoción Médica tratando de salvar la situación, pero no logró nada. Solicitó orientación de gerentes de otros departamentos quienes pidiendo anonimato le ponían al tanto de casos pasados similares con la señora Fernández, y ellos le aconsejaban que estuviera atento y se cuidara, pues con ella no había margen de error. Dariel inclusive acudió a su cita con el departamento de Recursos Humanos, para poder contar su versión del caso y tratar de buscar una salida. Lo que más le dolió, fue constatar tristemente cómo aun confirmando que había varias contradicciones y cabos sueltos en el reporte de la señora Fernández, la gerente de Recursos Humanos se había declarado incompetente en el caso, debido al miedo que sentía por el absoluto poder manipulador que ejercía la señora Fernández en la compañía.

Esta se aprovechaba de sus excelentes relaciones personales con los doctores más importantes de la industria, para asegurar siempre a la compañía los mejores negocios y el mejor resultado de prescripciones posibles. El aporte de su cuota de ventas al presupuesto de la empresa representaba una tajada de vital importancia para la rentabilidad de Vastfar. Este era un hecho que nadie podía negar y que ella sabía explotar muy bien para lograr sus conquistas a lo interno de la organización. Lo único que podía hacerse desde el departamento de Recursos Humanos, era validar la información con la gerente de Promoción de visitas médicas y solicitar orientación con el gerente general.

Independientemente de esa situación, Dariel había recolectado información valiosa para confirmar la sospecha de lo que estaba ocurriendo: quienes habían ocupado su posición antes que él, habían pasado por la misma situación de falta de apoyo y de golpes bajos por parte de quien se suponía debía apoyarlos.

Y esto respondía, de acuerdo con los que fueron más abiertos en las explicaciones a Dariel, a que la gerente distrital de Promoción Médica no escatimaba esfuerzos en descalificar por completo a cualquier supervisor que trabajara con ella, porque simplemente, no podía permitir que nadie la opacara. No permitiría que nadie se destacara en base a su excelente desempeño. Ella debía tener la atención y el control absoluto de su departamento, y haría lo que fuera para lograr su meta.

Esto confirmaba las sospechas de Dariel. Pero todo le quedó aún más claro, cuando una tarde lluviosa en que terminaba de supervisar a una de las visitadoras a médico y se disponía a entrar en su carro, estacionado en el parqueo trasero del hospital, escuchó que alguien le llamaba…

—¡Señor Dariel! --Gritó Inés fuertemente en medio de la lluvia que caía a cantaros—.¡¡¡Espere!!! —Él la miró y observó cómo la joven corría en dirección hacia él, protegiéndose de la lluvia con un gran paraguas color negro.

Entró presurosa dentro del carro, y Dariel le dijo: —No era necesario venir corriendo, yo podía ir hasta donde estabas...

—Gracias —interrumpió ella—. Pero por favor entienda que al hablar con usted me estoy arriesgando a perder mi trabajo… por eso le pido total confidencialidad. No puedo hablar con usted aquí en el hospital. Por favor conduzca y salga de aquí mientras hablamos —dijo la joven con voz temblorosa.

—Adelante Inés, trataré la información con total discreción —replicó Dariel.

—…no sé por dónde empezar… —dijo nerviosa—. … durante 3 meses y medio hemos compartido juntos y he sido testigo de su profesionalismo y de su buena vibra… Quiero que sepa que para mí… usted es un hombre bueno. No tengo nada en contra de usted. Pero seré clara… mi jefa no lo quiere a usted dentro del equipo. Todo lo que está pasando responde a un plan para sacarlo de la posición: los reportes… los supuestos casos de mal manejo con nosotras, todo lo que ha visto y escuchado, es mentira, es solo para hacerle daño y lograr que el gerente general se convenza de que ella no necesita a nadie de afuera para manejar su área. La posición de supervisor fue creada por el nuevo gerente general, y para ella eso ha sido como una imposición que no está dispuesta a aceptar —dijo.

Dariel Miranda escuchaba en silencio y con una tristeza abismal el relato de Inés. Ahora entendía todo. Ahora sabía que no importaba cuánto se esforzara en hacer su trabajo con un nivel de excelencia, todo iba a parar al agujero negro del egoísmo y la mediocridad.

¡Le agradezco que no haga referencia de esta conversación con nadie… ¡por favor! —rogó Inés —. Solamente le hago saber para que sepa lo que viene y esté preparado. Ahora, si es tan amable, por favor lléveme de vuelta al hospital —concluyó.

—Claro que sí… con mucho gusto —balbuceó Dariel—. …quiero agradecerte sinceramente el que te hayas tomado este riesgo para alertarme… y tranquila… en ningún momento mencionaré tu nombre. Esta conversación se queda entre nosotros de forma confidencial. Gracias mil por tu valiosa ayuda. Que Dios te siga bendiciendo a ti y a tu familia —dijo Dariel y la llevó de vuelta.

Se despidieron con un apretón de manos. Inés salió del auto en medio de la lluvia, que todavía caía brutalmente, produciendo un fuerte sonido al contacto con el parabrisas y el techo del carro. Su silueta se fue poniendo cada vez más pequeña mientras se alejaba, hasta que finalmente desapareció entre las luces de la puerta de entrada al hospital.

# CAPÍTULO XI

El gerente general de Vastfar recibió a Dariel Miranda en su despacho. Amablemente le invitó a sentarse, mientras se servía una taza de té.

—¿Me acompaña? —preguntó con delicadeza el señor Hans Von Krause. Su fluidez en español era excelente a pesar de ser oriundo de Alemania.

Dariel asintió a la invitación y se sentó en la silla mientras el señor Krause servía la segunda taza de té.

—Recibí su correo y leí detenidamente todo lo que denuncia —dijo el señor Krause—. Ciertamente es muy penoso que esté sucediendo todo esto aquí. Ya he conversado sobre el tema con su jefa directa y con Recursos Humanos. Solo me faltaba hablar con usted. Le escucho —dijo, fijando con interés su mirada en el maletín negro de piel que acompañaba a Dariel.

Este agradeció la gentileza del señor Krause por darle su tiempo para escucharle, y acto seguido sacó de dentro del maletín un reporte de varias hojas que entregó al gerente general de Vastfar. Allí estaban de forma detallada, las pruebas que mostraban las incongruencias en el reporte de la señora Fernández. Minutas de reunión del equipo con los acuerdos y planes de acción, reportes de evaluación de desempeño de Recursos Humanos y reportes de gerentes de otros departamentos relativos a servicios de apoyo promocional prestados por Dariel a esos otros departamentos. En todos estos documentos, no había una sola nota negativa que insinuara alguna acción incorrecta por parte de Dariel Miranda, todo lo contrario, había notas de felicitaciones y elogios hacia su persona y su gestión dentro de la empresa.

Pero el documento que a Dariel más le interesaba para mostrar al señor Krause, era la relación de mensajes de texto que delataban las conversaciones del equipo de visitas médicas. Allí se podía apreciar un trato hostil hacia su persona y, sobre todo, un marcado asedio de parte de la señora Fernández. Estas conversaciones de texto se habían incrementado justo después de la señora Fernández partir hacia Argentina, y en los mismos quedaba muy clara una campaña de desautorización a la posición del supervisor del equipo de Promoción Médica.

—Si usted analiza bien esto —dijo Dariel—, se dará cuenta de que todo es un expediente creado sin base alguna, con el único objetivo de sacarme de la posición que usted estuvo de acuerdo en crear. Si la compañía no me quiere aquí, está bien, lo acepto. Pero entiendo que no hay ninguna necesidad de desprestigiar mi nombre y la trayectoria que he tenido en el área farmacéutica. En tal sentido, quisiera saber cuál es su posición sobre todo esto —preguntó Dariel.

El señor Krause miró fijamente a Dariel, y tomó un sorbo de té antes de responderle:

—Entiendo perfectamente lo que plantea y estoy al tanto de todo el empeño que ha puesto en su trabajo y de que quizás, posiblemente, esté afrontando una situación adversa que no debería estar sucediendo; pero actualmente no es mi intención crear un conflicto mayor que nos desenfoque de lograr el presupuesto de la empresa… Además, no voy a desautorizar a la gerente que nos aporta la mayor parte de ese presupuesto.

Ella tiene luz verde para hacer en su departamento lo que entienda correcto —dijo.

Dariel Miranda lo miró sin pestañear y preguntó:

—¿Existe la posibilidad de poder ser transferido a otro departamento en la empresa?

—Ahora mismo no tenemos esa posibilidad, Dariel. De verdad que lo siento mucho. La única opción es que sigas en el departamento de Promoción Médica y que trates de hacer que las cosas funcionen entre tú y la señora Fernández —replicó el señor Krause.

Dariel se quedó pensativo por un instante que pareció ser una eternidad. Pensaba en la ironía del destino, en las proyecciones que había hecho y el futuro incierto que otra vez se ceñía sobre sus hombros; pero también pensaba que había un propósito detrás de cada situación que se presenta en la vida. Por lo tanto, no debía sentir desánimo, ni mucho menos miedo. Había ido preparado para cualquier escenario que se le presentara en la reunión.

Agradeció una vez más al señor Krause por haberlo recibido, y sacó del maletín negro un sobre blanco. Dentro estaba su carta de renuncia en la que explicaba las razones para dicha decisión, y que dedicaría los próximos quince días a dejar el departamento en orden. La carta fue aceptada de inmediato y el señor Krause le deseó suerte en sus proyectos futuros.

Al enterarse de la noticia, la mayoría de los gerentes y algunas de las representantes del equipo de Promoción Médica, reaccionaron con sorpresa e incredulidad, acercándose a Dariel para indagar si ya tenía segura alguna posición en otra empresa o, si sabía bien lo que estaba haciendo. Dariel agradeció sinceramente el interés de todos, y simplemente les informó la realidad de que no tenía ninguna oferta por el momento; pero que en base a lo que creía correcto, entendía que debía renunciar. Quería ser fiel a su esencia como ser humano sin aguantar humillaciones ni coartadas que le limitaran. Para él valía más el estar en paz y tranquilo en su casa, que seguir con la desmotivación de un trabajo a medias dentro de un ambiente hipócrita y traicionero.

Dos días antes de salir de Vastfar, algunos de los gerentes y representantes del equipo de Promoción Médica, le invitaron para compartir un momento antes de su partida. Dariel agradeció la atención y accedió a reunirse en el restaurante Lincoln Road para una ronda de bocadillos y tragos. Hablaron de los buenos momentos compartidos en la convención, de los entrenamientos de la compañía y lógicamente, de la situación que propiciaba su salida. Sabía que iba a haber preguntas.

—¿Señor Miranda, no hubiera sido mejor esperar a que quizás las cosas cambiasen con la señora Fernández? Renunciar sin tener otro trabajo no es algo bueno en estos momentos —dijo con preocupación una de las representantes de Promoción Médica.

Dariel la miró y con una sonrisa en los labios y al instante respondió:

—No tengo ahora mismo la seguridad de un trabajo, pero eso no significa que no tengo planes —dijo dirigiéndose a todos, y con voz suave y pausada añadió:

"... ¿de qué sirve alargar el dolor de lo inevitable? ¿Por qué alquilar la paz interior por unos meses más de dinero? Por qué renunciar a la oportunidad de ser fiel a lo que creo, fiel a los valores que son la esencia de lo que soy como ser humano, ¿esa oportunidad de ser puro, sincero y leal a mí mismo justamente cuando todo a mi alrededor está podrido y vacío? No se trata de orgullo ni mucho menos de abandonar la pelea, se trata de algo más poderoso y grande que va mucho más allá de cualquier limitante humana: mi dignidad como persona.

Si pones el dinero y la posición por encima de lo que eres como ser humano, una parte de tu felicidad irá muriendo cada día, entonces, ya no serás nunca más un hombre completo ni libre, ni feliz... sino que serás un esclavo más de los tantos millones que abundan sin personalidad y sin respeto por sí mismos en la jungla de poder e intereses de las empresas... Y es que la gran mayoría de las compañías ni agradecen ni guardan rencor... son solo simples jugadores que dominan el tablero de ajedrez en el que juegas, ya sea como peón, torre, caballo o alfil. Y van moviendo las fichas de acuerdo con el interés que persigan. El único objetivo es ganar y siempre será ganar aun si ello implica hacerle daño a los demás. Pero no te confundas al saberte dentro de una empresa ganadora, pues al final, siempre serás un número más que puede ser borrado en cualquier momento o una pieza más del juego que siempre podrá ser reemplazada por otra.

Está claro que habrá momentos en que por necesidad tendrás que morderte la lengua y tragarte temporalmente parte de tus preceptos morales y tu ideología para subsistir y permanecer dentro del juego; pero eso no significa que renuncies a lo que verdaderamente eres y sientes o, que te conviertas en un empleado marioneta que no tiene voz, ni carácter, ni mucho menos un futuro promisorio... Se trata de ser cautos e inteligentes para analizar cuándo es el momento justo para levantar bien alto el estandarte de esa dignidad que es la bandera de tu libertad, pues ciertamente llegará un momento en tu vida en que las cadenas de miedo que te limitan se romperán, y ese momento llegará cuando logres tener la sabiduría necesaria como para saber qué es exactamente lo que te hace feliz y tener el valor y determinación de ir en busca de ello.

No quiero dinero sabiendo que el estrés, la preocupación y la humillación no me dejan disfrutarlo... No quiero dinero sabiendo que el precio emocional que tengo que pagar para producirlo, es mayor al dinero mismo que estoy recibiendo, y es que no hay salario en el mundo que pueda pagarte una onza de felicidad.

Ciertamente necesitamos de cosas materiales para poder tener una vida más cómoda y placentera, y es un error pensar que no tenemos derecho a ellas, todo lo contrario, debemos luchar cada día por alcanzar una mayor calidad de vida... Pero si algo he aprendido con el paso de los años, es que al final de la jornada, la felicidad no se trata de qué cantidad de dinero tienes en tu cuenta bancaria, ni qué posición ostentas, ni qué modelo de carro tienes... el gran secreto de la vida para encontrar la felicidad, es hacer aquello que te apasiona, aquello que te complementa, eso que te hace brillar los ojos... simplemente hacer eso que disfrutas tanto que no te puedes contener...

Si eres feliz haciendo en este justo instante lo que haces... entonces felicidades, porque estás en el camino correcto en este tramo de tu vida... Si, por el contrario, te sientes intranquilo y vacío en el lugar en que estas, entonces sabes muy bien que debes seguir moviéndote al próximo puerto, al próximo proyecto, a tu próxima oportunidad de crecimiento.

Por eso es importante no limitarte nunca en tus planes, tus ideas de negocios, tus sueños... pues son estos los que te darán la emoción y energía necesaria para seguir adelante luchando por un mejor futuro... Escribe esos planes, dibújalos, ponlos en lo más alto de tu habitación u oficina para que cada día te conectes con la idea de que tienes algo sumamente grande e importante esperando por ti para ser emprendido... Pero nunca olvides poner diariamente esos planes en manos de Dios... preséntale tus proyectos, tus negocios, tu empleo, tus compañeros de trabajo, tus supervisores, tus asociados y, sobre todas las cosas, pon en sus manos a tu familia... así verás que un día cualquiera, después de muchos fracasos y sinsabores, después de muchas noches de insomnio y preocupación, después de tormentas en las que pareces que vas a naufragar, cuando menos te lo esperes, esos planes irán tomando forma y se convertirán en una poderosa realidad que cambiará tu vida ... para siempre.

Sé auténtico... sé fiel a lo que crees... sé feliz... y nunca dudes de que todo va a estar bien... de que todo mejorará para ti... siempre mantén viva la esperanza...".

Dariel Miranda se despidió efusivamente de sus compañeros de Vastfar y entre risas y lágrimas les deseó lo mejor. Sus palabras todavía retumbaban en sus corazones mientras salía del restaurante. Sus miradas contemplaban con admiración a aquel hombre que tenía la habilidad de inspirarlos con su sinceridad y su fe de un mejor mañana. Ya no serían los mismos después de esa noche. Claro que no. Habían recibido un poderoso mensaje que los había puesto a cuestionar su felicidad interna como empleados y como personas.

Durante 10 años no se volvió a escuchar nada de Dariel Miranda en el área farmacéutica. Unos decían que había logrado empezar su propio negocio, otros que había viajado hacia Estados Unidos de América para empezar una nueva vida, mientras que los más atrevidos aseguraban que se había marchado a lejanas tierras asiáticas para reencontrarse consigo mismo, y lograr un nivel superior de espiritualidad y felicidad.

# CAPÍTULO XII

El salón multieventos en la hermosa e histórica ciudad de Springfield, MA, estaba abarrotado más allá de su capaci- dad regular de 300 personas. Mientras el personal del hotel trataba de ingeniárselas para hacer más espacio, docenas de personas seguían ocupando el pasillo central en espera de ser acomodadas mientras, otras se entretenían en el *lobby* contemplando la exhibición de dibujos de los personajes creados por el famoso Dr. Seuss o, mirando a través de los cristales el salón de la fama del baloncesto, o simplemente disfrutando de la agradable vista del imponente Connecticut River.

La charla "3 Factores para el Éxito", había sido anunciada como el tema principal en la reunión territorial de vendedores independientes de Massachusetts, concitando la atención de los líderes emprendedores de Boston, Lawrence, Worcester, Massachusetts del Oeste y ciudades y estados aledaños en Nueva Inglaterra.

Para personas que se ganaban la vida basada en un modelo de negocio en donde no había una paga semanal fija, sino que todo el ingreso se generaba exclusivamente por comisión, se necesitaba alimentar el sueño del éxito a través de mensajes positivos y ejemplos de testimonios contundentes que tuvieran la capacidad de impactar y cautivar fuertemente a la audiencia de emprendedores, para llevarlos a un nivel de enfoque mental que les permitiera salir a la calle a comerse el mundo.

Es por ello por lo que se hacía imperativo tener como orador principal a una persona que fuera sinónimo de éxito, ejemplo de superación, que tuviera la habilidad y el don de saber conectar con los distintos tipos de temperamentos y personalidades allí reunidos, y que al mismo tiempo fuera capaz de motivar efusiva y enérgicamente a todo el equipo de ventas directas para llevarlos a la cúspide del entendimiento, al igual que vieran el compromiso necesario para poder llegar a la meta.

Cuando finalmente las luces se apagaron y el nombre del conferencista fue anunciado en medio de la electrizante música, una estruendosa algarabía se escuchó en el salón, mientras todos se ponían de pies para recibir con una efusiva ronda de aplausos al hombre que habían ido a ver.

Este logró una conexión casi inmediata con los espectadores, quienes escuchaban con suma atención sus relatos y consejos para lograr el éxito y libertad financiera que tanto anhelaban. Entre la multitud, un hombre vestido de blanco, casi llegando a sus 40 años, había tenido la suerte de conseguir un asiento en la primera fila. No solo pudo grabar en vídeo parte de la charla con su celular, sino que también pudo escribir en una libreta las frases y mensajes más impactantes, destacando con un gran círculo su frase favorita: "abraza la adversidad".

En medio de un discurso magistral que embelesaba a todos los presentes, el conferencista compartía parte de su vida personal, de su familia, su amada esposa y sus 2 hijas a las que llamaba sus princesas de caramelo y chocolate, y de cómo había alcanzado el éxito enfocado en ser fiel a su fe en Dios, a sus preceptos morales y al compromiso personal de ir en una incesante búsqueda de la felicidad.

Al terminar la charla, nuevamente se escuchó en el salón el estruendo de los aplausos para el disertante, mientras la mayoría de los presentes se dirigieron raudos a la parte lateral del escenario, para tener la oportunidad de estrechar la mano del exitoso escritor, hacerle autografiar su último libro y quizás, poder tirarse una foto con él.

El hombre vestido de blanco esperó pacientemente en la interminable fila que llegaba hasta afuera del salón y mientras lo hacía, contemplaba las caras sonrientes, cargadas de entusiasmo y alegría de las personas a su alrededor. En silencio escuchó los comentarios positivos y las exclamaciones de júbilo de vendedores y emprendedores que realmente habían sido tocados por los impactantes mensajes de la charla, y pensaba muy dentro de sí: "cómo esos mismos mensajes de fe y esperanza lo habían tocado también a él muy profundo hacía muchos años atrás, cuando todavía no existía YouTube ni las redes sociales, mucho antes de que los mensajes grabados del conferencista se hicieran virales en los podcast de Spotify, mucho antes de que el escritor se hiciera famoso con su primer *best seller* publicado en 16 idiomas, mucho antes de toda la locura mediática, él sabía que había recibido una poderosa motivación hacía 20 años, una motivación tan poderosa, que había sido capaz de cambiar su vida para siempre".

Al llegar su turno, notó cómo el conferencista todavía estaba sentado en la mesa del escenario autografiando con sumo cuidado uno de los libros. Entonces escuchó la voz grave y sonora del encargado de seguridad decirle: "¡Próximo!", a lo que este obedeció avanzando y depositando su libreta de apuntes encima de la mesa.

Entonces el escritor convertido en charlista fijó sus ojos en la libreta color rojo mientras plasmaba su autógrafo en ella, pero de repente se detuvo. La libreta estaba vieja y raída, pero, aun así, le era familiar. Alzó la mirada para ver a la persona que tenía enfrente y, entonces, sus ojos color marrón brillaron incesantemente delatando una incontenible emoción.

—Gracias por todas sus enseñanzas señor Dariel —dijo el hombre vestido de blanco con una sonrisa en sus labios.

—Gracias por motivarme y regalarme las dos palabras que escribió en esta libreta: "sigue adelante", lo que me dijo aquel día ciertamente cambió mi vida… Gracias a usted… ya no soy víctima del estrés ni del pánico de los lunes… hoy tengo mi negocio propio… y me siento inmensamente realizado con la vida que llevo… Gracias a usted… mantuve viva la esperanza… y aprendí a elegir desembocar en el mar…

Dariel Miranda se paró de la silla para apreciar de cerca a ese hombre que le hablaba con tanto entusiasmo, recordando que veinte años atrás le había obsequiado su libreta roja.

—¿Miguel? —preguntó totalmente anonadado.

Los dos hombres se fundieron en un abrazo eterno, como el abrazo que un padre da a un hijo, o simplemente como el abrazo de dos viejos amigos que se reencuentran. Dariel Miranda no se esforzaba en ocultar su alegría y sentimiento desbordantes, pues sabía muy bien que ese momento allí, en ese lugar, significaba un regalo único de la vida.

Por un instante contempló la extendida fila de personas detrás de Miguel, que curiosas y sorprendidas los observaban y se sintió bendecido. Ellas le recordaban que su trayectoria no había sido en vano, que había logrado un propósito superior y muy noble, el de poder impactar positivamente la vida de mucha gente a su alrededor, pero, sobre todo, que él era infinitamente libre y feliz haciendo lo que le gustaba, tal y como alguna vez lo había soñado.

Miró nuevamente a Miguel y volvió a abrazarlo mientras cerraba los ojos. Su sola presencia le recordaba todos los obstáculos que había tenido que sortear en su camino a la felicidad, todas las puertas que se le habían cerrado, todos los planes que habían fracasado, todos los sacrificios que había tenido que hacer, todas las veces que no habían creído en él, todas las traiciones, todas las ocasiones en las que había caído y lo duro que le había sido levantarse para empezar otra vez, y otra vez, y otra vez, hasta llegar a convertirse en aquel hombre renovado y lleno de optimismo que hablaba de fe y de un mejor porvenir .

Solo Dariel podía entender la solemnidad del momento. No había necesidad de palabras. No eran necesarias las explicaciones. Sus lágrimas, acompañadas de una auténtica y sincera sonrisa, eran testimonio fehaciente de una felicidad indescriptible, de un infinito sentimiento de gratitud hacia su creador, y de una sensación de profunda paz, esa paz única e inexplicable que solo se logra cuando te has convertido, en un vendedor de esperanza.

**FIN**

# Epílogo

Hace muchos años escribí en alguna mascota, …que el camino a la verdadera felicidad no radica en contemplar lo bello del paisaje que tenemos enfrente, sino en aprovechar la sabiduría de la estela que deja nuestra sombra detrás…

Lo que pasó en los siguientes diez años después que Dariel salió de su último empleo hasta convertirse en un escritor *best seller*, es un tema para un segundo libro; porque simple y llanamente hay demasiadas cosas que contar. Lo que sí puedo asegurarles, es que las grabaciones y notas escritas por Dariel Miranda fueron recolectadas a lo largo de un período de 20 años, y están basadas en sus experiencias como vendedor de distintas compañías farmacéuticas en su natal República Dominicana y sus vivencias como emprendedor independiente en Nueva Inglaterra.

Luego del éxito alcanzado con sus mensajes y vídeos de motivación en las redes sociales y de sus libros que le sirvieron como plataforma para formar a cientos de vendedores y diseminar por doquier su mensaje de fe y esperanza, Dariel Miranda decidió retirarse en compañía de su adorada Isabela, estableciéndose en Port St. Lucie, Florida, para disfrutar de las palmeras, las playas y del cálido clima tropical que tanto le recordaba a su Quisqueya la bella.

Aunque emigró al sur para escapar del inclemente invierno del Noreste, Dariel siempre se mantuvo visitando a Massachusetts cada verano, y muy especialmente a la ciudad que le abrió las puertas para desarrollarse y convertirse en un importante emprendedor.

Su obra aún se mantiene vigente y fresca en muchas partes del mundo; pero si un día entre junio y agosto vas caminando por Springfield, MA y entras a alguna biblioteca, es muy probable que te encuentres con alguna exhibición de sus libros o de sus mensajes de motivación, y si tienes un poco de suerte, es posible que todavía lo encuentres caminando en el Downtown, entre la Main Street y la Chestnut Street. Así que, si ves a un hombre hablando de fe y de ser feliz, o dando consejos sobre estrategias de ventas, entonces sabrás que es Dariel Miranda.

¡Si lo encuentras, no pierdas tiempo! ¡Acércate y pregúntale qué tienes que hacer para convertirte también en un vendedor de esperanza! Estoy muy seguro de que él estará feliz de compartir contigo la peculiar forma en que ve las cosas, y en cómo puedes cambiar positivamente la vida de la gente a tu alrededor…